KB053002

그대에게 다 하지 못한 말

그대에게 다 하지 못한 말

초판 1쇄 발행 | 2017년 10월 24일

지은이 | 김경진
펴낸이 | 공상숙
펴낸곳 | 마음세상

주소 | 경기도 파주시 한빛로 70 507-204

신고번호 | 제406-2011-000024호
신고일자 | 2011년 3월 7일

ISBN | 979-11-5636-148-0 (03810)

원고 투고 | maumsesang@nate.com

ⓒ김경진, 2017

* 값 13,500원

* 이 책은 저작권법에 따라 보호 받는 저작물이므로 무단 전재와 복제를 금지합니다. 이 책
의 내용 전부나 일부를 이용하려면 반드시 저자와 마음세상의 서면 동의를 받아야 합니다.

국립중앙도서관 출판예정도서목록(CIP)

그대에게 다 하지 못한 말 / 지은이: 김경진. – 파주 : 마
음세상, 2017
  p. ; cm

ISBN 979-11-5636-148-0 03810 : ₩13500

수기(글)[手記]

818-KDC6
895.785-DDC23   CIP2017024354

그대에게 다 하지 못한 말

김경진 지음

마음세상

제4부 그래도 따뜻한 추억이 깊어지는 겨울

제5부 그리고 남은 흔적들

책 머리에

오랜만에 비가 옵니다. 싹, 싹 거리는 빗소리에 잠이 깨어 창 밖을 한동안 쳐다보며 침대 모서리에 앉아 있습니다. 바람도 시원하고 멀리 빈계산 정상을 가린 안개도 웅장해 보입니다. 오래도록 만나지 못했던 사람을 불현듯 보게 되면 화들짝 놀라듯 오늘 새벽비가 나를 그렇게 놀래 키도록 반갑게 합니다.

한꺼번에 온 힘을 다 쏟아내고 사라지는 소나기 보다는 이처럼 차분하게 잔비를 오랜 시간 내려주는 비가 좋습니다. 사람도 그렇잖아요. 열정적인데다가 격렬하기까지 한 사람은 짧은 시간 함께하면 좋지만 오래 같이 있으면 괜스레 부담스럽고 느끼해지고 나도 저렇게 행동해야 하나 슬슬 곁을 떠나고 싶어지죠. 그러나 차분하고 행동도 느긋한 사람과 있으면 같이 있는지도 잊을 정도로 편하고 시간이 지날수록 한 몸이나 되듯 동화되어가는 거지요.

오늘은 격정적일 일 없고 분주해야 할 마음이 일어나지 않고 걱정도 없는 하루가 되기를 바래봅니다. 너무나 평범해서 하루를 살았던 것인지 기억해야 할 어떤 일도 일어나지 않았으면 좋겠습니다. 지나친 것 없이, 모자람도 없이. 덜어내야 할 남음도 없이, 보태야 할 부족도 없이. 고만고만한 날이었으면 싶습니다. 비 오는 새벽의 기도였습니다. 나의 기도는 늘 지나치게 사소합니다.

　비가 갠 후 들길을 걸어봅니다. 이삭에 살이 오르고 있습니다. 햇살이 나락에 깃들기 위해 몸을 만들었습니다. 자신을 풍성하게 할 수 있는 것은 자신뿐이라는 것을 다시 절감합니다. 바람에 서걱서걱 서로의 잎을 부딪치며 기분 좋은 소리를 내는 논가를 따라 천천히 걸었습니다.

　살아서 이룬 부와 명예도, 집착으로 잡고 있었을지 모를 어떤 힘의 욕구도 병이 들면 아무짝에도 쓸모가 없음을 보고 느끼는 시절을 보내고 있습니다. 고통에 시달리는 시간은 병이 들면 누구나 에게 평등합니다. 헐거워지는 몸무게, 통증에 맡겨야 하는 깊은 밤, 단 한 순간이라도 벗어나보고 싶은 고통의 무게. 다가오는 죽음을 맞아야 한다는 것은 많은 것을 가졌던 가지지 못했던 같은 것이었습니다.

　살면서 나 이외의 누군가에게 상처를 주지 않고 살아야겠다는 생각을 되풀이 했습니다. 떠나야 할 때 홀연히 떠날 수 있도록 잘못된 미련을 남기지 않도록 살아야겠습니다. 살아가는 시간 동안 나에게도 좀 더 잘해주어야겠습니다. 들길을 걸으며 무성해진 풀잎들이 발목에 작은 생채기를 내도 왠지 그대로 오래 있고 싶었습니다.

우산 사용 설명서

우산대가 가운데 있는 것은
어깨를 나란히 대고 둘이서 쓰라는 겁니다
혼자만 우산 속에 있는 것은
반절만 사용하는 것이어서
비어 있는 한 쪽이 허전합니다 쓸쓸합니다
빗속으로 들어가는 우산들이
안락하게 보일 때는 누군가와 둘이서
어깨가 닿아있기 때문입니다
도란도란 낮은 속삭임이 있어도 없어도
어깨를 두른 다감한 팔이 있거나 없거나
우산이 본래대로 쓰이면
비에 젖는 것보다 먼저
따뜻함에 젖어 있는 겁니다
둘이서 하나처럼 같은 길을 가라고
무게중심을 잡아주기 위해
우산대는 가운데 있습니다

2017년 9월 기도하기 좋은 어떤 날에
김경진

나무처럼

시간이 가면 지워지는 것이 있는가 하면 아무리 시간이 가도 잊혀지지 않는 것이 있기 마련이다. 생채기가 난 나무는 상처를 감추려고 무던히 애를 써 표피를 두껍게 하지만 울퉁불퉁해질 뿐 상처가 없어지지는 않는다. 왜 그렇게 상처를 질기게 품고 있을까. 살아가기 위해서 나무는 상처를 지우지 않는 것이다.

상처를 품어 두께를 불리며 모진 바람을 이겨가고 불타는 태양을 견디며 고난의 환경을 이겨가는 것이다. 생존을 위해 나무에게 상처는 생명유지의 처방전과도 같음이다.

내 몸에도 세월의 각인처럼 무수한 상처들이 새겨져 있다. 약을 바르고 진통제로 다스려서 본래보다 옅어지고 작아졌지만 완연히 사라지지 않고 내 몸의 일부가 되어 있다.

내 맘에도 시간이 지울 수 없는 상처들이 덕지덕지 붙어 있다. 마음에 난 생채기는 두께도 가늠할 수 없어 얼마나 큰지, 얼마나 아픈지 잴 수도 없다. 나무처럼 나에게도 삶의 시련들을 버텨나갈 수 있도록 단단히 붙어 있는 상처들이 있다.

잘 살아왔고 잘 살아낼 수 있도록 생명의 자양분이 되어 남아있는 징표이자 흔적이 상처라고 정의를 내려본다. 상처를 만져보고 상처에게 말을 걸어보는 일을 멈출 수 없다. 아무리 많은 말들을 속삭여도 돌아서면 다하지 못한 말이 남은 듯 뒤가 무겁기 때문이다. 마치지 못할 말들을 다시 해본다. 상처가 덧 나지 않도록 위로해보는 나의 방법이다.

제1부
그대가 보고 싶어지기
시작하는 봄

꽃잎에 손을 씻으며

너를 놓았다가 잡았다가
잘못 걸린 전화를 끊듯 내려놓는다
말로 다 할 수 없는 망설임이
있다가 지워졌다가 마침내 수긍이 된 것이다
빗소리가 이불 속으로 파고들던
지난밤의 뒤척거림이
새벽 비로 철쭉꽃 사이에 스며있다
꽃잎에 베인 물기로 손을 씻으며
심장이 꽃 향기처럼 흩어진다
너에게까지 닿지 않을 것을 안다
습기의 막에 제지 당한 채
빗물에 녹아 없어질 수용성 그리움일 뿐이다
너를 붙들다 돌아선 자리에
씻긴 꽃잎만 수북하다
빗물처럼 봄이 온다

비가 마음을 차분하게 해준다고 느낄 수 있는 사람은 심성이 착한 사람이다.

격분하기도 하고 들뜨기도 하고 대책 없이 호기롭기도 하겠지만 모두가 그럴 때가 있고 모두가 그러면서 산다.

그러다, 그렇게 오며 가며 살다가도 비가 오는 날이면 손바닥을 펴 빗물을 오물조물 손바닥으로 받아보며 차가운 기운에도 불구하고 느긋하게 감성적이 될 수 있는 사람은 마음이 선한 사람이다.

빗물처럼 봄이 온다

비가 온다.

빗물처럼 봄이 오고 이미 와 있다.

새초롬 하게 빗물을 뒤집어 쓰고 꽃 한 송이 피었다.

지난 밤 내내 빗물의 기운을 흡수한 꽃 송이는 아침이 되자 이 세계에서 존
재하는 어떤 생명체보다도 신비롭고 아름답다.

그대여, 빗물처럼 그대에게도 봄이 촉촉하게 안겨 들고 있는 날이다.

빗속에서 신묘함을 품은 꽃 한 송이가 그대의 가슴에 피고 있는 날이다.

나도 그대의 가장 깊숙한 마음 속 세상으로 빗물처럼 스며들고 싶다.

고독으로부터 온 편지

그래. 고독은 힘을 내기 위한 위로의 시간인 거야. 바닥을 디뎌야 설 수 있는 것처럼 단단하게 고독을 받침돌로 삼자. 비틀거리며 살아야 하는 날이 계속될지라도 넘어지고 일어나며 살아가자. 그래. 절망 앞에서 절명하는 일만은 없어야지. 무너지면 처음부터 다시 쌓고 쓰러지면 안간힘 다해 일으켜 세우자. 그걸 할 수 있는 것은 오직 나라는 것만은 잊지 말자.

살아 숨쉬는 한 해야 할 일이 있을 거야. 할 수 있는 것이 있다는 것에 고마워 하자. 아무것도 할 수 없다는 것이 고통일 거야. 마음은 천천히 끄집어내 다독여 주고 생각은 차분하게 살을 붙여주자. 섣불리 만든 벽은 틈이 생기고 오래도록 지탱하지 못할 거야. 나를 튼튼하게 지켜줄 방벽을 조금씩 높여가는 거야. 가끔씩 눈을 감고 지나간 시간을 돌이켜보며 지나쳐버렸던 작은 부주의를 다시 반복하지 않도록 반성하자.

그래. 눈물이 나거든 나이 탓이라 우기면서 참지 말고 울고 웃음이 나거든 싱겁게라도 웃도록 하자. 흐름을 타면서 사는 거야. 낮은 노래라도 흥얼거리며 나를 위해 장단을 맞춰주자. 나에게 내가 해줄 수 있는 즐거운 사치가 노래를 불러주는 것인지도 모르겠네.

그래. 잊어야 할 건 잊기 위해 아픈 시간을 함께 하고 기억해야 할 건 심장 깊이 새겨놓자. 때가 되면 고독도 즐거운 추억이 될 거야. 잘 살아보자.

지금은 외롭지만 외로움 속에서 진짜 나를 찾을 수 있을 거야.

세월 든다는 것

나이가 든다는 것은 세월이 든 것이다.
세월에 갇히지 않고 순응하는 것이다.

나이가 든다는 것은 꼬부라진다는 것이다.
등도 꼬부라지고, 허리도 꼬부라지고, 안 그랬으면 하는 대부분의 것들이 꼬
부라진다.

나이가 든다는 것은 비울게 많다는 것이다.
이름도 비우고, 생애 낀 기름기도 비우고, 왔던 길마저 비워야 한다.

세월이 들었다는 것은 견고해지는 것이다.
마음이 꿋꿋해 흔들리지 않는다는 것이다.

인연의 끈

맺어진 관계를 끊어낸다는 것은 그냥 보지 않겠다 혹은 가까이 않겠다는 것일 뿐 완전하게 없었던 관계로 돌아갈 수 있다는 것은 아니다.

일방적이든 쌍방적이든 다방적이든 일단 맺어진 관계는 인연이고 가벼워질지언정 없었다 말할 수 없다.

질기고 질긴 끈이 생겨버린 것이다.

절대 끊을래야 끊을 수 없는 용 심줄보다 굳센 끈이다.

이성의 끈을 잠깐씩 놓칠 때마다 인연의 끈은 더 간절히 다가온다.

아쉬움이 배여 있었거나 애절함이 숨겨져 있었거나 다하지 못한 인연일수록 이성의 끈 뒤에 숨어 있다가 무의식을 관통하고 나오는 것이다.

새삼스레 질긴 끈 하나에 둘둘 묶여 있는 나를 바라본다.

그러나 얽매여 있다거나 속박되어 있다고 느껴지지 않음은 묶여 있음이 잔잔한 파장처럼 마음의 동심원을 멀리 그려나가기 때문인가 보다.

바라보다

바라본다는 것은 관심의 정확한 표현방식이죠. 무관심은 가장 무서운 형벌일겁니다. 사람이 사람과 어울려 산다는 것은 서로에게 관심을 가져야만이 이루어진답니다. 굳이 언어로 표현하지 않아도 '내가 당신에게 관심이 있어'라고 알려주는 것이 바로 바라봄입니다.

관심이 없다면 시선을 모아서 쳐다보는 일은 없을 겁니다. 사람에 대한 관심이든, 동물에 대한 관심이든, 풍경이나 사물에 대한 관심이든 어떤 관심이든 모두 시선이 따라가게 되어 있습니다. 귀까지 따라 간다면 그것은 지대한 관심이라고 해도 무방할 겁니다.

요즘은 작은 것들에게 무한한 관심을 가지고 바라보게 됩니다. 시인의 눈은 그래야 한다는 것을 알고 있지만 별스런 생각 없이 시간을 지내다 보면 작은 것에 대한 대수롭지 않은 무시를 범하곤 했답니다.

길을 걷다가, 차를 운전하고 가다가 길 귀퉁이에 무료하게 피어 있는 민들레를 보면 '너 참 대견스럽구나' 하는 맘에 멈춰서 쪼그리고 앉아 눈을 맞추고 나도 모르게 두런두런 말을 건넵니다.

눈을 맞추다 보니 마음이 편안해 집니다. 관심은 나만을 위한 것이 아니라 누구라도 마음을 즐겁게 해주는 마약과도 같답니다. 지금 그대는 어디를 보고 있나요. 누구를 보고 있나요. 그대가 바라보는 만큼 그대를 바라봐주는 시선들이 맞장구를 쳐줄 겁니다.

엿보기

아침의 봄 햇살이 찬란합니다. 이제는 간혹 볼 수 있는 진경이 되었습니다.

오염의 시대를 살아가고 있는 지금, 개운한 하늘을 볼 수 있는 날이 어쩌다 찾아오면 그냥 살맛이 나는 듯 합니다.

햇살과 함께 투명해진 공기를 천천히 그리고 깊게 호흡 안으로 끌어들입니다.

몸 속의 세포들이 기지개를 펴며 움찔움찔 하는 것처럼 느껴집니다.

공기방울들이 내 속을 엿보는 것을 허락할 수 있는 좋은 날입니다.

창문 앞에 앉아 눈을 감고 가만히 나를 엿보았습니다.

거창하게 명상이라고, 묵상이라고 이름을 지어주지 않아도 될 일입니다.

눈꺼풀 안에 눈을 가둬두는 일을 하루 중 가장 편안하게 할 수 있는 시간입니다.

밀려가는 어둠의 뒤를 빛이 노도와 같이 밀고 들어옵니다.

눈으로 봐야 하는 허상을 몰아낼 수 있는 길은 눈을 잠시 감는 것입니다.

나를 엿볼 수 있는 방법입니다.

부산히 움직였던 생각들.

떠돌다 방황의 숲으로 들어가 길을 잃어버린 고심들.

막 깨어나고 있는 풀잎 주변을 돌고 있거나 물을 빨아들이고 있는 나무 뒤에 숨어 있는 나의 지루하고 어색한 이면들을 눈을 감고 엿봅니다.

눈을 뜨게 되면 엿보았던 것들을 삶의 자각에 새기고 나는 다시 일상으로 빠르게 복귀하게 될 것입니다.

엿보았다고 모든 일을 해결할 것은 아닙니다.

그저 그렇게 내가 상처 받았거나 스스로 나를 치유하기 위해 노력하고 있다는 것을 알아가는 나에 대한 나의 자가치유의 방식일 뿐입니다.

나를 엿보기에 좋은 봄 날 아침이었습니다.

통증 만들기

　몸이 알아서 아픈 곳을 만든다. 연쇄적 이어달리기라도 하듯 지점에서 지점을 잇는다.

　한쪽 다리가 마비가 되는 듯 잠자리에서도 팍팍한 허벅지와 종아리 근육을 주먹으로 툭툭 쳐대며 밤을 보내기 일쑤다.

　나이가 들어가고 살아온 시간이 축적이 됨을 자연스럽게 받아들이게 만든다.

　무심결에 방바닥에 떨어진 휴지 조각을 들어올리려 허리를 굽혔다 펴는 순간 으드득 소리에 내가 나를 깜짝 놀래 키는 순간, 허리에 통증이 강하게 밀려온다.

　허리를 삔 것인가? 놀랍다. 휴지 한 장에 허리를 놓아버리다니.

　두 딸 아이의 각자 방을 찾아 이사를 해줘야 하는 날이 이틀 남았는데 허리에 불상사가 발생하다니.

　급하게 파스를 허리에 붙인다.

　보이지 않는 곳에 감으로만 파스를 붙이려니 그것도 고역이다.

　금세 허리가 후끈거린다. 후끈거림의 마취에 잠시 통증을 벗어난 듯 하지만 움직임이 둔하고 머뭇머뭇거려 진다.

살아감이 모두 이럴지어다.

순간의 방심이 스스로의 놓침을 만들고 긴 고통을 만들어 준다.

통증을 만들어내는 것은 결국 자신으로부터 자신을 등한시 함의 결과다.

허리를 돌려보고 무릎을 굽혔다 펴보며 스트레칭을 한다.

그런다고 금방 크게 달라질 리야 있겠는가 만 움직이는 폭을 조금씩이라도 늘려야만 내가 할 수 있는 최소한의 치유력을 만들고 있음을 몸이 알아줘야 통증 만들기를 멈칫거리지 않겠는가.

소는 잃었지만 외양간을 단단히 재건해놓아야 새로운 소를 들이지 않겠는가.

울어줄 수 있는 한 사람

오랜만에 친구 같은 동생을 만났다.

비가 내리기 시작한 어둠을 동반하고 그는 주절주절 시끄럽게 목소리를 높이며 왔다. 사는 게 마땅히 여유롭지는 않지만 여전히 유쾌한 들썩임을 어깨에 두르고 다닌다.

괜스레 우울하게 내려앉던 내 마음도 가볍게 빗속을 뚫고 부유한다. 같이 있어서 즐거워지는 사람의 즐거운 바이러스에 감염된 것이다.

소주 한 잔, 두 잔 점점 더 길어지고 두터워지고 높아지는 목소리를 들으며 마음의 두께가 허물어 진다.

하던 일이 잘 못되어 심신이 나락으로 떨어졌을 것이지만 여전히 잊지 않는 긍정의 힘이 그를 다시 제자리로 급속하게 밀어 올릴 것이라 믿는다.

달갑지 않는 불행도 가벼워지는 그의 유쾌함에 중독될 즈음 눈이 벌개져 갑자기 주체하지 않고 흘리는 눈물에 잠시 당황했지만 나의 고통을 통쾌하게 울어주는 그에게서 희한한 힘을 얻는다.

나를 위해 울어줄 수 있는 한 사람.

그 한 사람이 있어 고맙고 고마운 삶이다.

동쪽 하늘

이른 아침에 하늘을 보는 일이 많아졌습니다.

하늘보다는 땅을 향하던 고개를 지탱하는 것이 버거운 시간이 많았던 것이 사실입니다. 팍팍하고 힘에 부치다는 생각이 압력이 되어 하늘을 볼 여유가 없었다고 해야 하겠지요.

신선한 새벽공기가 폐 속으로 밀려들어와 고개 들고 앞을 보라고 언제까지 아래를 향해 자신을 나약하게 방치할거냐고 질책하는 것 같았습니다.

어슴푸레한 새벽 출근길에 오르며 말갛게 밝아오는 동쪽 하늘을 의식적으로 보게 됩니다. 오늘의 하늘이 다 잘될 거라고 수고하고 사무치게 살아야 맘이 그득해질 거라고 내 눈 속으로 들어옵니다.

그러겠습니다.

조심하여 바닥을 보겠지만 멀리서 다가오는 동쪽 하늘의 잔잔한 힘의 시그널을 더 유심히 보도록 하겠습니다.

지나간 인연에 집착하지 않고 오늘 맺어야 할 인연을 반기겠습니다.

혹여 불경스럽거나 불편한 시간을 함께 했더라도 멀어져 버린 시간에 있지 않겠습니다.

다시는 돌아갈 수 없는 아련한 시간에서도 은밀하게 빠져 나오겠습니다.

비 그리고 나

비가 또 옵니다. 요사이 자주 비를 접하다 보니 낭만적이기 보다는 귀찮음에 더 솔깃해진 것도 같습니다.

오늘은 살짝 땅을 적시는 비를 맞으며 허름한 우산을 한 손으로 받쳐들고 아스팔트 길을 혼자서 묵묵히 걸어보고 싶습니다.

그래야겠습니다.

혼자서 걷는 길은 많은 것을 생각하고 그 생각들을 스스로 정리하며 답을 낼 수가 있어 좋습니다.

특히 비가 오는 날의 행보는 더 깊은 상념들 속으로 빠져들어가도록 분위기를 연출해줘 좋습니다.

오늘이 딱 그날입니다. 나를 찾아가는 빗속의 산보를 하기에는 최적의 날입니다.

창 밖으로 내리는 비를 묵묵히 보고만 있기에는 갑갑하고 안쓰럽습니다.

뜨거운 커피 한 잔 내려 마시며 오늘의 나는 어떤 나인가, 어제와는 얼마나 다른가.

자문해 보지만 특별히 이렇다고 할만한 것이 없습니다.

빗속으로 나가야겠습니다.

우산을 때리며 톡,톡 거리는 빗소리를 들으며 비와 속삭이며 함께 걷다 보면 무엇을 하고 살아야 할지, 무엇을 잊어버려야 할지, 어떻게 살아야 할지, 무슨 생각을 하며 지내야 할지 정돈이 될지도 모르겠습니다.

오늘은 비 그리고 나. 제법 잘 어울릴 듯 합니다.

털어버릴 일이 있으면 비와 함께 사귐을 해볼 일입니다.

어깨야 젖을지 모르지만 우산이 잔잔히 동행을 해준다면 조금 축축해진들 어떠하겠나요.

비가 오는 것은 모든 것을 적셔주기 위함입니다.

그 적심에 나도 동참해 들어가야겠습니다.

감정의 풍화작용

시간과 함께 변화무쌍한 것이 감정이다. 감정도 단계적으로 한계를 만들고 그 한계를 채우고 급기야 넘나든다.

처음은 의문이다. 자신에 대한 질문이고 상황에 대한 관찰 단계다. 왜 이런 일이 생긴 것인가. 나는 현재 어떤 상태인가. 스스로에게 변명거리를 찾고 답을 구하려고 한다.

다음은 주체할 수 없는 분노다. 상황에 대한 이해를 하면서도 결과에 대해 스스로를 납득 시키지 못함에 대한 울화의 표출이 극한으로 치닫는 것이다.

그 다음은 허탈함으로 온다. 잘못된 일에 대한 무기력함이 자책으로 밀려오는 것이다. 그러다 모든 것에 대한 포기로 이어지기도 한다.

마지막이 수긍이다. 수긍에는 세가지 감정이 모두 뒤섞여 있다. 현실을 인정해야만 한다는 자신에 대한 학대의 절정점이기 때문이다.

그렇다고 이것으로 다 끝이 아니다. 시간을 따라 수시로 이 과정을 반복하게 된다는 것이 사람을 황폐하게 만든다. 어쩌면 잘못된 일은 이렇게 감정의 변화 과정을 필연적으로 거쳐야만 극복될 수 있도록 설계 되어 있는지도 모르겠다. 그러다 감정의 풍화작용이 새로운 세계를 창조하게 될 것이다.

새벽의 합장

떠오른 태양은 이미 마주 바라볼 수 없듯 일어난 일이 일어나지 않았다고 부인해도 소용 없지요. 다만 그랬더라면 하는 아쉬움까지 표현하지 말라면 지나치게 매몰차겠지요.

생겨버린 것이라면 수술칼을 들고 서걱서걱 잘라내고 바늘로 꿰매야겠지요. 봉합이 잘못되어 흉하게 흔적이 남을지라도 곪아터져 생명까지 위협하게 방치할 수는 없는 거겠지요.

마음의 손을 포갭니다.

태양이 떠오른 방향을 향해서 고개를 조금 숙입니다.

눈이 부셔서 가볍게 눈꺼풀을 내립니다.

평온함을 맞이하는 가장 좋은 자세입니다.

앞으로 수없이 이렇게 합장을 하며 살아야 할 것입니다.

기회만 되면, 마음의 동요가 일어나기만 하면 두 손바닥 모으고 언제 어디서든 마음합장을 하겠습니다.

그대여. 해가 떠오르는 곳을 보거든 몸 낮추고 마음 버리고 오로지 흔들리지 않으려 애쓰는 나의 합장인 줄 아소서.

시간의 추억

추억은 시간의 사연이다.

사연이 아름답거나 아련하지 않으면 지나간 시간이라 하여도 추억이라 말하지 않는다.

대부분의 시간은 망각된다.

기억을 아무리 더듬어도 그때 그랬나 그럴 수도 있겠구나 명확하지 않다.

망각할 수 있어서 일상을 일상으로 받아들이며 살아갈 수 있다.

모든 시간을 정확하게 다 기억한다면 같은 일의 반복이란 일어날 수 없을 것이다.

같은 것을 두 번 똑같이 하고 싶은 사람은 없기 때문이다.

아무리 좋은 기억이라 할지라도 때와 장소에 따라 좋음의 정도가 달라질 것이고 나쁜 기억이라면 어떻게든 변화를 주어 그와 같은 결과를 만들지 않으려 할 것이기 때문이다.

추억이라고 부르고 담아두는 사연들은 소중한 시간임에 틀림없다.

힘겨울 때 그 시간의 영상들, 말들, 느낌들을 반복해 재생해 보고 싶고 그 시절로 다시 돌아가고 싶어진다.

추억은 지나간 시간의 흔적이다.

모든 시간이 흔적을 남기기 마련이지만 모든 시간이 소중할 수는 없다.

흔적도 흔적 나름이다.

가슴을 몽롱하게 젖어들 수 있도록 하는 흔적이 추억이므로 추억이야말로 사람을 사람답게 살아갈 수 있도록 시간 속에 들어가게 만들어 준다.

좋은 기억, 애잔한 풍경, 설레는 언어.

추억을 추억하며 시간 속에 있고 싶다.

그리워하며 살자

그림자 지는 반대 방향에 항상 해가 있는 것처럼 그리운 것들은 아련하게 어긋나 있기 마련이다. 삶을 이루어 내고 있는 무수한 구성요소 중에서 가장 절실한 것들은 그렇게 잡고 있고 싶어도 가까이 둘 수 없을 때가 더 많다.

그래서 우리는 그리움을 느낀다.
그리움은 마음의 진행방향에 있으나 닿을 듯 말 듯 해서 간절하다.
그렇다고 그리움을 떨쳐낼 필요는 없다.
삶을 살만하게 만들어 주는 것이 그리움이 있기 때문이라는 것을 간과하지 말아야 한다. 잡을 수 없어서 그립고, 갖지 못해서 그립고, 함께 하지 못해서 그립고 그립다.

그리움의 대상은 모든 것이 될 수 있다. 오래 전에 보았지만 잔상으로 계속 남아서 언젠가는 꼭 다시 한 번 보고야 말리라고 다짐하게 되는 풍경도, 어릴 적 텀벙거리던 동리 앞 시냇물도, 함께 꾀 벗고 물장난을 치던 꼬맹이들도, 사랑해서 사랑하고 사랑만 주고 싶은 사람도 모두 그리움이다.

그리움이 없다면 얼마나 황량한 인생일 것인가.
그리워하면서 살자. 그리움이 많다는 것은 따뜻하게 살아왔다는 증거다.
오늘도 모든 것이 다 그립다.

길 위의 사색

소리가 눈을 속인다. 소리는 현혹이다. 큰 소리일수록 마음을 가린다.
귀 기울일 필요가 없다. 진실이 담기지 않은 겉도는 소리는 듣지 마라.
소리가 생각을 가린다. 작은 소리라 무시해서도 안 된다.
소리의 늪에 빠지면 눈이 먼다.
참된 소리는 마음으로 들어온다. 마음을 울린다.
심장과 공명하는 울림으로 소리를 느껴라.

소리 없이 제 길만을 가고 있는 물소리가 한정 없는 천변가 길 위에 주저앉
아 개울물의 흐름에 잠겨 든다.
소란스런 것일수록 자신만의 흐름에 집중하지 못한다.
가장 큰 물의 흐름은 물의 중심이다. 물의 중심은 그래서 고요하다.

소리가 귀를 속이고 마음을 가리고 길을 지운다.
가고자 하는 길이 있거든 말의 범람이 요란한 세상에 대하여 귀를 닫아라

미련

대책 없이 질겨서 미련인가 보다. 버리고자 하나 버려지지 않고 잊고자 하나 잊혀지지 않고 떠나려고 하나 발길이 움직이지 않고 미련이란 참으로 사람을 허접스럽게 만든다. 끈질기게 붙들고 늘어져서 사람을 못쓰게 한다.

한가지 생각으로 머리를 혹사 시켰더니 왼쪽 머리끝 뒷자리만 아프다.

침을 삼키려고 목울대를 움직이는데도 찌르르한 통증이 머리를 통해 심장까지 움찔거리게 만든다.

다 그런 거지 하며 잊었다고 털고 일어나는 순간 갑자기 다시 멍해짐을 반복한다. 한가지에 또 한가지 게다가 다른 한가지를 더 섞어서 머리를 혹사시켜본다. 그래도 자동반사적으로 본 가지처럼 처음의 한가지가 다른 것들을 무참히 쫓아내버리고 머릿속에 웅크리고 있다.

얼마나 많은 시간과 한숨을 털어 넣어야 희미해질 수 있을까.

미련이란 완전히 잊을 수도 버릴 수도 없다. 단지 기억 속에서 희미하게 색깔이 옅어지기를 기다려야 할 뿐이다. 가슴의 울렁임이 줄어들고 울컥 이지 않을 상태가 되기만을 기다려야 할 뿐이다.

미련을 이기려 하지 않는다. 미련에 적응해가고 있다. 먹먹하고 불처럼 뜨거워지고 냉랭해지기를 수없이 반복하면서 단련이 되가는 것이다.

마음 벗기

오늘 벌써 커피 세 잔째다. 무겁게 앉아 있다 보니 갑갑증 때문에 커피만 마신다. 아무리 작은 것일지라도 마음에서 털어낸다는 것은 쉬운 일이 아니다.

자꾸 한쪽 가슴이 타는 듯 뜨겁다. 이러다 불이 붙어 화상이라도 입을 것 같다. 신체발화가 허구적이지 않을 수도 있다는 생각이 들 정도다.

때를 벅벅 밀어 벗겨내듯 마음도 박박 밀어 벗겨낼 수 있다면 좋겠다.

불편한 옷을 편한 옷으로 잽싸게 갈아입듯 마음도 갈아입을 수 있었으면 좋겠다. 그럴 수가 없어서 마음인가 보다. 그러지 말라고 마음인가 보다.

세상에서 가장 힘든 일이 마음 벗기다.

마음은 마음대로 되지가 않는다.

내가 주인인데 오히려 마음이 주인인양 마음에 굴복하면서 산다.

마음은 복종하기를 강요하지도 않는데 신이나 되는 듯이 모시며 산다.

시간이 얼마나 흘러야 더 큰 마음이 지금의 마음을 삼킬 수 있을까.

마음오지를 만들고 싶다. 떨어내도 털어내도 흔적이 잔잔할 수 있는 변두리 깊은 곳이라면 덜 상처받고 덜 통증이 있지 않겠는가.

마음 벗기 연습이 고되다.

이렇게 찬란한 날에

다소곳이 곁에 와 있는 봄날 오후 하늘이 찬란합니다.

목련은 진득한 기다림을 견뎌내고 안쓰러울 만큼 모든 힘을 꽃망울에 집중한 채 벙글어야 할 때를 점치고 있습니다.

들길 옆 이곳 저곳에서 쑥들이 비죽비죽 찬란한 봄을 만끽하고 싶어서 몸을 밀어 올리는 소리로 소란스럽습니다.

이미 만개해버린 산수유는 자신의 주위를 온통 노랗게 물들여 내고 백매화는 눈부신 꽃광을 사방에 뿌리고 있습니다.

그에 질세라 홍매화는 석양빛 보다 불그작작한 분홍의 세계로 보이는 모두를 끌어들이고 있습니다.

이렇게 찬란한 봄 날인데, 이렇게 환장하도록 아름다운 봄 날인데......

걱정이 많은 사람들은 여전히 걱정에 파묻혀 오만 가지 인상을 쓰며 아파하고 있어야 합니다.

찬란한 하늘처럼 환하게 웃으며 살아가고 싶은 것은 누구나 품고 있는 소원인데 하늘은 그저 저만 환하게 웃고 있습니다.

생명들이 들썩이는 소리로 부산한 들길을 걸어봤습니다.

행여 내가 지나가는 발자국 소리에 놀라 움직임을 멈추지나 않을까 조심하면서 최대한 몸을 가볍게 움직였습니다.

놀랍도록 숨가빠 몸을 움직이는 소리들이 쑥떡거리고 있었습니다.

준비된 것들은 멈추거나 주춤하지 않았습니다.

거침없이 자신의 길을 찾아 몸을 일으키고 있었습니다.

찬란한 날에 그들도 스스로 찬란하고 싶은 것입니다.

걱정 같은 것 내려놓고 쭈그리고 앉아 나도 땅속에서 힘껏 몸을 일으키는 생명들과 함께 마음을 일으켜 찬란해지고 싶은 봄날입니다.

기다림의 굴레

굴레는 빠져나갈 수 없는 원형(圓形)이다. 끊임없이 돌고 돌아도 이탈할 수가 없다. 굴레가 부정적 이미지이어로 각색되어 회자 돼버린 이유가 여기에 있다. 아무리 노력해도 파괴하지를 못하는 한 떨치고 나갈 수 없다는 한계성이 절망적인 생각으로 이어졌을 것이다.

그러나 본래 굴레는 잘 굴러갈 수 있도록 하기 위해 원형을 택했고 무리 없이 모든 것을 포용한다는 것을 간과해서는 안 된다.

굴레는 윤회다. 시시비비를 가리지 않고 범위 안의 모든 것을 잘 어울리도록 조화를 만들어내 멈추지 않고 돌고 돌아 순환하게 만든다. 처음과 끝이 없다. 어느 한곳 모난 곳이 없다.

기다림도 그렇다. 하나의 기다림은 다른 기다림을 태생적으로 이끌어 오고 이어지고 이어지는 것이 기다림이다.

기다림의 굴레는 설렘이기도 하다. 무엇도 기다리지 않는 사람은 행복하지 못하다. 기다림의 굴레 안에서 반복되는 그리움에 가슴 졸이면서도 따뜻해지고 기다림의 일이나 대상에 다다를 때 무한한 위안을 받는다.

나는 항상 기다려 왔다. 또한 기다림을 기다릴 것이다.

봄의 길목에서

나는 아직 기다리고 있습니다. 나를 둘러싸줄 찬란한 햇살과 내 등을 밀어줄 푸근한 바람을. 기다림은 기다림 자체만으로 벅차 오릅니다. 기다림이 없다면 어떤 의미도 없이 표류하는 것입니다.

기다림은 줄곧 나를 지탱해주는 힘입니다. 유독 봄을 기다리는 이유는 동면에서 만물이 깨어나 기지개를 펴듯 나를 깨우고 싶기 때문입니다.

꽃이 핀다고 어디 봄이라 말할 수 있겠습니까. 얼음이 녹아 내린다고 꼭 봄이 왔다고 단정할 수 있겠습니까. 내가 기다리는 마음의 빗장을 벗겨낼 때가 진실로 봄이라고 단언하고 싶습니다.

등에 푸른 잎이 나고 눈이 환한 매화처럼 벙글고 심장이 동백처럼 붉게 뛰기 시작할 때가 진정 봄입니다.

나는 아직도 나의 봄을 그렇게 기다리고 있습니다. 정수리에서 발뒤꿈치까지, 발바닥부터 머리카락 끝까지. 단 하나의 세포도 놓치지 않고 따숩게 박동을 시작할 때가 비로소 나의 봄입니다.

봄의 길목에서 봄을 더 애절하게 기다립니다.

그 날이 오면, 그 때가 오면 기다림을 완성하고 왕벚나무 꽃 그늘 아래서 으스러지도록 나를 안아보고 싶습니다.

눈부처

삼일절 휴일 오전, 이틀 동안의 꽃샘 추위가 대기를 깨끗이 청소를 한 덕에 하늘이 푸른 바다, 망망대해처럼 깊다. 이미 남쪽에선 홍매화가 개화를 했고 곧 매화꽃 잔치가 열릴 것이다. 복수초는 잔설이 남은 산기슭에서 노랗게 눈을 녹인지 오래다. 삼월 중순이면 남쪽부터 개나리가 피어 올라와 노란 꽃동네로 도시며, 들녘을 꾸며놓을 것이다.

사람은 자신이 보고 싶은 것만 보고 싶어한다. 자신이 원하는 바를 가장 현실적인 이미지로 투영해서 머릿속에 갈무리 할 수 있는 방법은 직접 눈으로 보는 것이기 때문이다.

보지 않고도 알 수 있다는 말은 사실 기존의 경험으로 이미 봤거나 알고 있다는 말의 다른 표현일 뿐이다. 보지 않고도 알 수 있는 것은 세상에 없다. 정작 보지 못하고 경험하지 못한 것에 대해 사람들은 의문을 가지고 있을뿐더러 직접 눈으로 확인하지 못하는 것에 대해서는 믿지 않으려 하기 때문이다.

보고 믿는 것을 비로소 눈에 아로새겨 넣는다. 믿는 것은 눈을 감아도 눈에 그대로 이미지가 되살아 난다. 이미 뇌가 상세하게 각인하고 있기 때문일 것이지만 눈의 신경세포들도 강렬한 기억들은 자극적으로 각성하고 있기 때문이다.

지금 눈에 들어와 있는 내 눈동자 속의 눈부처를 나는 믿는다. 내가 보고 싶은 그대로를 투영해 주고 있으므로 눈부처 속의 눈부처마저도 믿는다. 눈부처는 안중지인(眼中之人)의 다른 말이다.

변명

나를 지키는 일이 될지도 모릅니다.

정당한 것인지, 그렇지 못한 것인지에 대한 판단은 받아들이는 마음의 차이가 될 겁니다. 모든 상황은 같을 수 없고 자신의 처지가 어떤지 판단에 따라 달라집니다. 변명이 변명이 아닐 수 있게 되기는 힘들겠지만 장황하지 않아야 변명이 변명으로 받아들여 집니다.

미스.

나를 놓치는 것이면 안됩니다. 너를 놓치면 더욱 안됩니다.

그래서 변명이 필요할지도 모르겠습니다.

결코 나를, 너를 놓는 것이 아니라고…….

그렇다고 변명이 정당화 될 수는 없습니다. 결국 나와 너를 속이는 것일 테니까요. 오늘 그대는 어떤 변명을 했나요. 어떤 변명을 받아 들였나요.

변명은 변명으로만 있어야 용서가 되고 반대로 용기가 되기도 합니다.

그대의 변명을 나는 그대로 받아내고 싶어요. 그대를 믿지 못하면 내가 불행해지기 때문입니다. 그대여, 어떤 변명이든지 진실한 변명을 해주세요.

내가 미운 것이 아니라 나를 믿지 못할 까봐 두려운 것이라고 말해주세요.

그대에게 다하고 싶어요

만지기만 해도 그대로 내 몸 속으로 빨려 들어올 것 같던 4월이 다 지고 있
네요. 봄의 절정을 보내면서 한참을 뒤돌아 서 있어요. 아쉬움이 아닌 것 같은
데 딱히 집어서 표현할 감정의 대입 방법이 없네요.

사람 사이에도 종종 이런 맞아 떨어지지 않는 감정의 대치 상태가 있지요.
뭔가 부족하거나 아직 준비를 하지 못한 나 자신의 문제에서 발생하는 걸 겁
니다. 상대는 이미 모든 준비를 마쳤는데 어정쩡하게 이도 저도 아닌 상태에
놓여 있는 자신에 대한 못 미더움일 테죠. 함께 있을 때, 곁을 내어줬을 때 다
하지 못한 아쉬움일 겁니다.

바라볼 수 있을 때. 팔을 걸고 있을 때. 눈을 마주치고 있을 때.
다해야 했습니다.

나만이 봄의 절정이라 믿는 4월을 보내며 누구나 계절의 여왕이라 알고 있
는 5월을 맞이해야 합니다.

5월엔 다해야겠어요. 마지막 주에 가서 똑같은 머뭇거림을 보이지 않으려
면……. 깔끔하게 보내지 못하고 뒤에서 서성이며 바라만 본다는 것은 나에
대한 의무를 다하지 못한 초라함일 테죠.

지금 그대도 다해야 할 때일 겁니다.

선연

화려한 꽃들이 하늘을 떠 받들고 있는 봄 날 아침이네요. 이런 날에는 좋은 기억들만 떠올려내고 싶어집니다. 생각만 해도 가슴이 뜨거워지고 시간이 지나도 새록새록 기억에 아로새겨지는 그런 선연이 있을 거예요.

내게도 아버지 같고 때론 형님 같은 의지가 되는 분이 있답니다. 지금은 직장을 퇴직해 전원의 생활을 하면서 편안할겁니다. 가끔 전화를 통해 안부를 묻고 시간이 되면 쪼르르 찾아가 소주 한 잔 곁들이며 오순도순 이야기를 나누기도 하지요. 그리고 보니 두어 달 바쁘다는 핑계 같지 않은 핑계로 연락을 못했네요. 오늘은 전화라도 넣어봐야겠어요.

선연은 사람을 선순환시키지요. 밝은 곳으로 나오도록 인도하고 힘을 낼 수 있도록 용기를 불어넣고 어떤 일이든 이룰 수 있다는 대단한 긍정을 선사한답니다.

좋은 선연을 만들기 위해 노력하고 있답니다. 단지 좋은 사람의 관계가 아니라 서로에게 좋은 영향을 끼치고 서로의 일이 시너지가 일어나도록 알차게 하고 마음과 마음이 교감하는 그런 관계가 선연이지요.

나를 만나고, 내가 만난 사람이 선연이었으면 하고 엄청 큰 소망을 가져봅니다. 그대의 선연은 어디 있는 건가요.

악연

잊고 싶다는 것은 기억하겠다는 다른 말이에요.

모든 것을 지울 수는 없답니다.

모든 것을 기억할 수는 더더욱 없겠지요.

그래서 잊는다는 말이 가슴에 와 닿지요.

절대 떠올리기 싫은 일들 앞에선 기필코 잊고 싶다는 의지를 불지르게 돼요.

하지만 끔찍할수록 잊지 못하게 되고

시간이 지나도 더 선명하게 떠오릅니다.

그래서 잊고 싶다는 것은

역설적으로 기억 속에 각인시키겠다는 다른 표현이 되어버렸어요.

그런 기억들을 가지고 있을 거예요.

살다 보면 쉽게 기억이 나지 않는 일들은 희망적이었거나

즐거웠던 시간이었을 거예요.

큰 사고였거나 최악의 기분이었거나

나를 무의식적으로 그 상황으로 몰아가는 아름답지 못한 기억을

누구나 하나쯤은 가지고 있을 거예요.

최악이 최선처럼 되어버린 무지막지한 기억, 발을 빼냈다 싶어

안도의 한숨을 쉬는 순간 끝없는 무저갱으로 떨어지는 추락의 기억.

악연은 그렇게 끈질긴 거지요.

나는 오늘 엑스 자를 가슴에 새겨요.

스스로 악연의 고리에 큰 자물쇠를 잠궈서 가두고 싶기 때문이지요.

피할 수 없다면 내 가슴에 담아서 꽁꽁 묶어두는 게 나을지도 모르겠어요.

역설의 역설이 때론 막 나가는 힘이 되기도 하지요.

그대는 악연의 끈을 어떻게 기억하고 싶나요.

그대와 나의 사랑 연대기

폭풍우가 치고 거센 마음들이 들썩여도 나는 그대로의 나일 테고 그대는 그대로의 그대일 테죠.

변한다는 건 주변과 주변의 변화일 뿐 본질의 나와 그대는 변하지 못해요. 절망을 넘어야 새로워지고 희망을 넘어야 확고해진다는 것을 무의식은 깨닫고 있지요.

의식하려고 노력할수록 의식은 새롭지 못하게 되고 무덤덤히 지나가고 나서야 아! 하는 인식을 경험하게 되죠. 나는 그대로의 나를 사랑해야 된다는 것을, 그대는 그대로의 그대를 사랑해야 된다는 것을 살면서 감으로 알고 있지요. 그대와 나는 어떤 식으로든 연결되어 있지요. 사랑이든 증오든 방식은 상이한 것 같지만 서로의 관심이 집결한 관계의 어깃장이지요.

지난 밤, 웃다가 울다가 정신마저 풀어헤친 변덕의 날씨가 언제 그랬냐는 듯 화려하게 오늘을 살아가라고 화창하네요. 그대와 나의 사랑도 이럴 테예요. 변덕스러운 게 산다는 것이지요. 똑같은 마음이란 없어요.

증오도 사랑이고 변덕도 사랑이고 모든 종착지는 사랑이에요. 그대와 나의 사랑 연대기는 그렇게 굴곡과 굴곡을 연결하는 벼랑길이지요. 그래야 절절하고 아슬아슬하고 스릴이 넘치는 거잖아요.

그대와 나……

추억을 더듬다

까마득한 시간이 멈춰 있는 장소들에 가봤습니다. 기억 속에 있던 건물들은 자취를 감춰버렸지만 여전히 추억이란 이름으로 기억들은 남아있었습니다.

기억이란 다 제각각인가 봅니다. 아내와 나의 추억이 함께 한 곳이었는데, 아내의 기억 속의 장소와 내 기억 속의 장소가 사뭇 달라 서로의 기억이 옳다는 아련한 다툼이 일어나기도 했습니다.

그러나 서로가 공유할 기억과 추억의 장소가 있다는 것에는 하등 이의가 없이 즐거웠습니다. 함께 손잡고 다니던 대학의 교정이 비록 리모델링과 신축으로 인해 예전의 모양이 하나도 남아있지 않게 되었지만, 20년이 더 지났는데 당연한 변화겠지만 여기쯤, 거기쯤 하면서 기억을 서로가 더듬으며 20대의 가슴 설레던 연애시절을 떠올리니 새삼스러워졌습니다.

게다가 딸아이들의 '아빠, 엄마'가 제 또래였을 때 다녔던 대학을 보고 싶다는 호기심에 함께 네 식구가 손잡고 걷는 옛날의 장소로의 시간여행은 앞으로 다시 할 수 있을지 장담할 수 없는 훈훈한 새로운 추억 만들기였습니다.

누구나 추억을 가지고 있지만 모든 추억이 되새기며 더듬어 갈만한 좋은 기억으로만 남는 것은 아닐 겁니다. 그래도 좋든 싫든 추억이 있는 사람이 행복합니다. 오늘은 오래 지나도 떠올릴수록 가슴 따뜻해지는 그런 추억하나 만들고 싶습니다.

그대에게 쓰는 희망 편지

몸이 나른하다.

아침을 맞는 표정들이 다양할 테지만 유독 오늘 아침은 혼곤한 상태다.

지난 밤, 과하게 들이부은 알코올 기운이 아직 풀리지 않아서일까.

꼭 그런 것만은 아닌 듯 하다.

연말정산환수, 엄청나게 떼어간 소득세, 급여명세표를 보다 보니 나는 정말 애국자라는 생각이 든다.

나와 같은 애국자들이 태반인데 이 나라는 왜 이 모양일까.

슬픈 푸념이 절로 난다.

아침은 희망을 맞이하며 눈을 떠야 한다고 생각한다. 다들 그렇지 않은가?

억지로 희망을 가지려고 노력해 본다.

어떤 희망을 가질까? 무슨 복된 생각을 해볼까?

- 아직 살아갈 날이 많다.

- 가족 중 아픈 사람이 없다.

- 내일을 또 살 수 있다.

- 손가락이 멀쩡해서 글을 계속 쓸 수 있다.

- 머리가 멀쩡해서 생각을 할 수 있다.

– 만나고 싶으면 불러서 소주 한 잔 할 수 있는 친구가 있다.

희망을 가지려고 해보니 셀 수도, 나열할 수도 없이 많다.

참, 살만하고 살아갈만한 세상이다.

하늘이 무너져도 솟아날 구멍은 있다지 않는가.

아직, 하늘도 무너지지 않았는데 절망을 말하기도 이르다.

황사가 물러가고 하늘이 나름 편안하다.

시련은 오기마련이지만 반드시 물러간다.

어렵다고 힘들다고 회피하려고만 하지 말지어다.

내가 존재하기에 시련도 오고 걱정도 있다.

존재 자체를 즐겨 볼만한 아침이다.

술기운의 여운이 긍정적인 마음을 부추긴다.

숙취가 꼭 나쁜 것만은 아니다.

오늘 아침 편지에는 긍정을 담아 쓴다.

모두의 존재가 존재 자체로 아름답다는 자신감을 가져도 좋은 아침이다.

목련헌신

목련이 양지 뜸에 피었다 진다.

음지엔 꽃봉오리만 내놓고 시간을 도사린다.

환경은 극복의 대상이지 정복할 수는 없다는 것을 목련을 통해 다시 새긴다.

봄밤 목련이 우는 소리에 잠을 깼다.

선잠 속으로 하얀 목련이 떨어져 들어왔다.

수백 번 반복한 윤회의 사슬에서 나는 새하얀 목련이었거나 목련을 사모하였거나 목련에 빠진 인연을 품고 살아야 할 운명이었을 거다.

눈부신 아침햇살 속에서 더 눈부신 목련의 현신을 만난다.

봄비가 스치고 지나간 아침, 허공을 부유하던 먼지도 걷히고 지난 밤 나에게로 왔던 목련에게 찾아가서 고개 쳐들고 눈을 마주한다.

억겁의 시간이 이어놓은 인연의 숙명을 서로 주고 받는다.

너의 그리움과 나의 그리움은 그렇게 시공을 메우며 이어진 하나였던 것이다.

바다에서

해풍이 거센 바다에서 너울처럼 밀려왔다가 모래사장을 한바탕 쓸어 넘고 물러나는 파도를 물끄러미 바라보았습니다. 파도가 말을 걸어옵니다. 바람이 거셀 때는 더 빠르게 더 높이 덩치를 키워야만 바람을 이길 수 있으므로 바람이 세다고 탓하지 말고 바람에 순순히 따르는 것이 인생의 순리라고.

바다는 잔잔해도 수면 아래는 수많은 파도들이 물살을 만들고 있습니다.
파도가 없는 바다는 생명을 품을 수 없습니다. 파도가 몰아오는 물살 속에서 온갖 생명들이 몸집을 키울 수 있는 먹을 거리를 찾아냅니다. 파도가 바닥을 뒤집고 먼바다로 나아가야만 먼 곳에 사는 생명들도 생명수를 맞이할 수 있습니다.

파도가 거셀수록 더 단단히 자신을 지키기 위해 단련시키며 바다의 생명들은 뼈와 살이 강해집니다. 물살이 잔잔한 바다에서 사는 물고기들이 식탁에 올랐을 때 맛이 밋밋한 것은 이 때문입니다. 시련이 없이 살아가는 것은 싱거운 일입니다.

자꾸 흐트러지는 머리카락을 손가락으로 쓸어 넘기며 파도 앞에 서 있었습니다. 그렇게 살자 파도야, 밀어야 할 때 밀고 물러나야 할 때 거침없이 물러나며 흐름을 거역하려 하지 않고 파도야, 그렇게 살아가자.

시간의 늪에서

헤어나올 수 없는 함정이 시간이다.
고대하는 것은 아무리 빨라도 더디다.
원하지 않는 것은 아무리 늦어도 제일 빠르다.

고대하면서 혹은 오지 않기를 바라면서 동시에 이율배반적인 두 마음이 상존하며 갈등 속에서 산다. 어찌 시간이 도래하더라도 올 것은 오고야 말겠지만 짧거나 길게 느껴지는 그 상충의 시공에서 자신에게 유리해질 수 있도록 환경을 만들고 또는 변명을 준비하고자 하는 것이리라.

지금 이 순간에도 금방 오거나 더디 올 시간의 뒷배를 맞이해야 하는 늪에 빠져 있다. 늪에는 소나기가 순식간에 퍼붓기도 하고 이글이글 불덩이 같은 땡볕이 작열하기도 하고 때로는 조용한 아침의 산사처럼 은은한 풍경소리가 깃들기도 한다.

내가 있는 곳이 시간이 있는 곳이다.
시간은 빠져나올 수 없는 늪과 같으나 늪에서 나오는 순간이 생을 중단하는 시간이다.
시간의 늪이 삶의 공간이라는 것을 부정할 수 없다.

봄맞이

아직은 얼굴에 닿는 바람이 차다.

불어오는 바람을 이리저리 피하려고 얼굴을 돌려보고 눈을 가늘게 떠 보지만 어디 피한다고 피해질 바람이겠는가.

여전히 살갗을 거칠게 파고드는 바람이 제풀에 지쳤으면 하고 옷깃을 여밀 뿐이다.

그러나 산수유는 제법 완연하게 제 모습을 드러내놓고 바람 앞에 당당하다.

때가 되었음을 기가 막히게 아는 것이다.

자신이 나서야 할 시간을 정확하게 가늠하고 수분을 땅 속으로부터 끌어올려 줄기를 튼튼히 하고 가지 끝마다 몽글거림으로 간지럽던 꽃망울을 툭, 툭 터트린다.

봄이 오고 있다 기에, 봄이 와 있다 기에 길을 나섰다.

설익은 봄이 와 있더군.

덜 핀 산수유를 마주보며 뒷걸음치고 있는 겨울의 잔해 같은 바람을 전별했다.

혹독한 것도 지나고 나면 그리 혹독했던가 옅어지고 여운이 남듯 기다리고 기다렸던 것도 막상 마주하고 나면 그토록 간절히 기다렸던가 덤덤해지기도 한다.

　산수유 나무 아래서 잔 수술을 햇살처럼 뻗고 있는 꽃과 눈 마주치고 서서 봄은 맞이하는 것이 아니라 온 마음을 다해 젖어 들어야 비로소 봄에 동화된다는 것을 알았다.
　봄이 오고 있는 길목을 향해 걸음을 옮기며 봄의 속도에 녹아 들어 가고 싶다.

체념

봄비가 바닥에 흩뿌려진 꽃잎을 태우고 다른 꽃에게 길을 내주기 위해 흘러 갑니다. 하나의 꽃이 지면 뒤를 이어 또 하나의 꽃이 피어납니다.

기다림도 그런 것입니다. 아무리 기다려도 오지 않을 것 같은 것도 때가 되면 불현듯 내 눈 앞에 닿아 있습니다.

비가 갠 후 우중충하던 하늘이 어느 순간 환하게 밝아지듯이 기대에 부풀어 충만하던 기분이 막상 이뤄지지 않으면 바람 빠진 애드벌룬처럼 바닥으로 추락하지만 절망할 필요는 없는 겁니다.

확인되지 않는 사실을 마치 진실인 것 마냥 믿고 외골에 빠지면 헤어나올 수 없듯이 경계를 넘지 못하면 새로운 세계는 넘볼 수 없습니다. 하나를 넘거나 체념해야 다른 하나를 바라볼 수 있습니다.

체념한다는 건, 포기한다는 것이 아닙니다. 기다림에 지쳐서 잠시 내려놓았을 뿐, 기력을 찾게 되면 다시 기다림을 시작하려는 단계입니다. 내내 기다렸던 그것이든, 전혀 새 것이든……

오늘 나는 체념합니다. 기다림이 길어져 체력이 고갈되어 버렸기 때문입니다.

내일 나는 시작합니다. 오늘 오후 남은 시간 내내 체력을 충전하여 또 하나의 꽃이 피어나려 몽우리를 맺듯 다른 기다림을 이어갑니다.

유쾌한 도둑질

사람과 만나는 일은 즐거워야 해요. 싫은 사람과 함께 있는다는 건 몸서리 처지는 고역이지요. 반대로 가만히 마주보고만 있어도 흥이 나는 사람과 있으면 번거로운 말을 주고 받지 않아도 서로의 감정을 그대로 받을 수가 있어 유쾌해져요.

어제는 정말 오랜만에 맘이 통하는 사람들과 만나서 거나하게 술 한 잔 때렸답니다. 오고 가는 술잔이 많아져도 술잔만큼 술에 취하지 않고 즐거운 기분에 취했답니다.

만남 자체로 유쾌할 수 있는 사람들이 있다는 것이 행운이지요. 헛되이 살지 않았구나 내 삶의 의미를 새롭게 부여하게 되요. 유쾌한 감정의 도둑질, 서로의 감정을 훔치며 살아갈 수 있다면 나는 더 많이, 더 크게 터는 도둑이 기꺼이 되고 싶어요.

서로의 말이 헛나가도, 서로의 감정이 빗겨나가도, 허물이 되지 않고 너그럽게 이해로 돌아오는 관계, 사람. 나는 사람 도둑질을 더 하고 싶어요.

아무리 크게 훔쳐도 죄로 처벌 받을 이는 만무하겠죠.

설령 절도죄로 처벌을 받는다 해도 즐거운 감옥이 될 거예요. 그런 감옥은 언제든, 어디든 갇히고 싶어요.

그대의 유쾌한 도둑질은 무엇인가요.

관심 혹은 무심

관심을 가져주는 사람이 많은 사람이 행복한 사람이다. 관심을 가질 사람이 많은 사람이 행복한 사람이다. 살다 보면 당연히 체득되는 진리지만 잊어버리는 경우가 많다.

나는 누군가로부터 관심을 받고 있는가? 나는 누군가에게 관심을 가지고 있는가? 점점 관심을 가지고 대하는 사람들이 적어진다는 느낌이다. 무심하게 흘려 보내는 인연? 무심하게 지나쳐버리는 시간!

관심은 삶을 집중해서 산다는 것이다. 관심은 열정적인 생각을 가지고 산다는 것이다. 관심은 나에게 충실하다는 것이다. 관심은 내 주변을 사랑한다는 것이다.

알면서도 무심해져 가는 것은 왜일까? 살다 보니 관심을 가졌던 사람이 나에 대한 관심이 없다는 것을 느끼게 된다. 오로지 자신에게만 충실한 사람에게 내가 주었던 관심은 의미가 없다. 스멀스멀 올라오는 배신감이 무심으로 변해 간다.

한 명, 두 명 점점 그 숫자가 늘어나다 보니 관심의 창고는 비어가고 무심의 창고는 가득 차 간다. 관심 혹은 무심, 무심 혹은 관심. 오늘 그 사이에서 오락가락이다.

제2부
기다림도 뜨거워지는 여름

사랑의 정의

바라볼 수 있는 곳을 보는 건 보고픔이라 한다지
보이지 않는 곳을 보려 하는 건 그리움이라 한다지
쳐다볼 수 있는 곳을 보는 건 바라봄이라 한다지
바라보지 못하는 곳을 보는 게 사랑이라 한데네
그래서 나는 눈 멀어서 볼 수 없는 곳만 봐

흐린 하늘 아래 불빛

비가 온다는 예보가 있었지만
아직 비는 오지 않고 하늘에 먹구름이 짙어지고 있다.
새벽부터 비가 내릴 것이라는 예보는 다시 오전 중으로 바뀌었다.
매 번은 아니지만 요사이 일기예보의 신뢰도가 의심이 간다.

흐린 하늘 아래 목수국이 불빛처럼 등이 되어 아침을 밝히고 있다.
오늘 하루 목수국등처럼
누군가에게 그리고 나에게 가고 싶은 곳을 향해 갈 수 있도록
길을 밝히는 등불처럼 살고 싶다.

누군가에게 등불 같은 사람이 되고 싶은 것이다.
호감이 될 수 있는 사람이 되고 싶은 것이다.
거리낌이 되지 않고 싶은 것이다.
그리하여 사람답게 사람으로 살고 싶은 것이다.

그대여, 목수국 그늘 아래서 만나자.
흐린 하늘 아래 목수국 불빛처럼 서로에게 찬란한 그늘이 되어주자.

하루살이

하루살이는 수명이 하루라서 이뤄진 작명이다.

그러나 사실 하루살이의 전체 생은 평균 1년에서 3년이나 된다.

그 생애의 기간을 대부분 물속에서 유충으로 살다가 성충이 되면

물 밖으로 나와 곧바로 교미를 하고 죽기 때문에

하루살이로 이름이 지어진 것이다.

1년이란 기간을

오로지 하루 남짓의 성충으로서의 생을 위해서 물속에서 견디며 사는

그 견딤에 숙연해진다.

種을 유지하는 자연의 법칙은 이처럼 가혹하다.

하루를 위해 혹독한 시련을 이겨내며 살아가는 하루살이 유충처럼

생을 끈덕지게 살아가야 할 일이다.

두드러기

원인을 무엇이라고 꼭 집어서 진단할 수 없는 것들이 많다.

확실한 것보다는 불확실한 이유들로 인해서 어떤 결과가 초래된 일들이 더 많은 것이 우리가 지금 살고 있는 현실이다.

갖은 추측들이 난무한다.

미세먼지 때문에 그렇다. 스트레스가 원인이다. 오존이 문제다. 매연이 근원이다.

그러나 이 모두는 바탕은 될지언정 근원이라고는 말할 수 없다.

미세먼지며 스트레스가 만병의 뒤에서 모든 단초를 주기는 하지만 딱히 너다, 너 때문이다라고 말 할 수 있는 성질의 최종 원인은 아니기 때문이다.

무릎에 두드러기가 광범위하게 났다.

아무런 이상이 없다가 갑자기 폭발하듯 오돌토돌한 콩알만한 두드러기가 번졌다.

무엇이 문제였는지 유추해 봤다.

요즘 심각하게 분단위로 받는 직장에서의 실적으로 인한 스트레스.

어제부터 먹었던 음식들 그 중에서도 평상시 먹지 않았던 것을 먹었는지.

게다가 오락가락 하는 날씨에 대한 부적응.

그러나 그 모든 것에 의심이 갈뿐 이거다라고 꼬집을 수는 없었다.

병원을 찾아 진단을 받았다. 의사도 스트레스를 거론하고 먹은 음식들을 하나 하나 나열한다.

두드러기 수치의 한계를 넘어, 다시 말하면 면역력의 한계를 넘은 음식들의 두드러기 수치의 충돌이 표면적으로 피부를 뚫고 나온 것이란다.

뭐든 한계를 넘으면 위험하거나 초월하거나 다.

어쩌면 그 한계를 넘기 위해서 몸부림 치면서 살고 있는지도 모르겠다.

목표의 한계를 넘어야 희열을 느끼며 새로운 세계로 나아갈 수 있을 것이고 이상을 추구하는 사색자들은 평범함의 한계를 넘어야 지고한 경지에 도달할 수 있을 것이다.

한계는 나쁘게는 나를 가둬놓은 감옥과도 같은 속박이지만, 어쩌면 가장 평온한 삶을 영위할 수 있는 공간의 범위일지도 모른다.

또한 한계는 그 한계를 벗어나기 위해 지어놓은 나의 초월의지라고 해도 될 것이다.

두드러기로 초월을 이야기하다니 나도 이제 이야기를 만들어가고 현상을 현상의 한계에서 벗겨낼 줄 아는 경지에 이른 것인가!

밀당

밀고 당긴다는 줄임 말 이지만 아예 정식단어화가 되어버렸다.

사람과 사람 사이의 관계는 끊임없는 밀고 당기기다.

달리 정중하게 표현한다면 대화나 행동을 통한 타협 혹은 대립이라고 할 수 있겠다.

밀고 당기기를 잘해야만이 관계가 능수능란해지고 원활해 진다.

무작정 양보만 한다고 좋은 관계를 유지할 수 있는 것도 아니다.

그렇다고 모든 것을 내 위주로 끌어들이면서 〈나를 따르라〉 유형의 사람은 외톨이가 될 뿐 밀당의 고수가 될 수가 없다.

밀당은 주고 받는 관계의 형성이다.

받은 만큼 혹은 그 이상을 주어야만이 내가 의도한대로 상대방을 유인할 수 있다.

손해를 보지 않으려 하는 사람은 결국 더 큰 손해를 초래해 되로 받을 손실을 말로 받게 된다.

베풂의 미덕이야말로 진정한 밀당의 고수가 사용하는 신의 한 수다.

눈을 뜨고 일어나는 순간부터 밀당은 시작된다.

아침 햇살이 눈부시다고 기분에 따라 사람과의 관계가 좋을 수만은 없다.

사람의 감정이란 신기 망측하게도 그 자신을 제외하면 어떤 상태인지 정확하게 알 수가 없다.

드러나는 것은 표면적인 예측의 기표점일 뿐 타인이 정곡을 알아낸다는 것은 불가능에 가깝다.

그 사람의 속에서 일어나는 변화를 어찌 감당해서 알아낼 수 있겠는가. 단지 미루어 짐작만 할 뿐이다.

따라서 밀당이란 것이 자연스럽게 개입되는 것이다.

말 한마디 던져서 되돌아 오는 말이 좋으면 기분이 그리 나쁘지 않은가 보다 짐작하게 되고 다음 말을 이어가게 된다.

말 한마디 던지는 것부터 밀당은 시작되는 것이다.

단순하게 연인 사이에 사랑의 정도를 확인하기 위해서 또는 인연을 만들기 위한 작업 멘트로만 밀당을 한정시켜서는 안 되는 이유다.

밀당은 생활의 기초적인 관계의 유지를 위한 너와 나의 성실한 대화인 것이다.

오늘도, 내일도 여실하게 잘하고 삽시다.

밀당.

우기

비는 절대적으로 생명을 유지하기 위해 필요하다는 것은 두말할 필요도 없습니다.

그러나 다른 한편으로는 재앙이 되기도 합니다.

뭐든 적당하면 약이 되는 반면 지나치면 독이 되는 것은 만사의 진리입니다.

지구의 어느 한쪽에서는 태양이 작열하고 다른 한쪽에서는 폭설이 내립니다.

대륙의 다른 한쪽에서는 황량한 바람이 모래바람을 일으키고 반대쪽에서는 폭풍우가 내립니다.

정이 있으면 반이 있게 마련인 것이 세상의 이치입니다.

이른 더위에 몸이 익숙해질 즈음이 되자 우기가 시작되고 있습니다.

한달 이상의 길고 지루한 장마는 습한 장마와 마른 장마를 삼한사온처럼 자신을 스스로 조절하며 시간을 통과해 나갈 것입니다.

마음이 축축해질지도 모르겠습니다.

속에서부터 진땀이 올라올지도 모르겠습니다.

비를 맞아도 겉으로 흐르는 땀이야 씻겨주겠지만 고단한 마음에서 흐르는 땀까지는 닦아 내리지 못할 것입니다.

그러나 나는 믿습니다.

견뎌내지 못할 것은 아무것도 없다는 것을.

우기에는 굳이 비를 피해 숨을 필요 없이 비를 맞으며 시간 앞에 당연히 서고 장마가 지나고 살벌한 땡볕이 찾아오면 땡볕보다 더 뜨겁게 당당해야 한다는 것을.

비가 오고, 바람도 불고 간혹 천둥번개도 치는 오늘입니다.

내 마음도 변화무쌍합니다.

긍정이 되었다가 부정이 되었다가 자책을 하다가 책임을 부정하기도 하다가 그러나 변하지 않는 것은 마음이 향해 있는 곳은 언제나 같은 곳이라는 것입니다.

지킬 것이 있는 사람은 강인해집니다.

가야 할 곳이 있는 사람은 멈추는 법이 없습니다.

흐리다는 것

땡볕에 지쳐가는 것들을 배려함인가. 잔뜩 하늘이 흐리다.

흐림을 찌뿌린다고도 하겠지만 흐림은 그저 흐릴 뿐이다.

하늘에 어찌 표정이란 것이 있겠는가.

바라보는 사람의 마음이 투영되어 하늘이 얼굴도 없는 얼굴을 찌뿌리고, 웃고, 울고 하는 거지.

마음이란 본래 오욕칠정을 자유로이 오가는 실체 없는 움직임이다.

마음으로 가지 못할 곳이 어디 있으며 저지르지 못할 일이 무엇이겠는가.

수없이 많은 사람들을 한 순간에 나락으로 빠뜨릴 수도 있고 다시 건져낼 수도 있다.

평범해서 평범함이 무엇인지도 인식 못하고 사는 우리에게 마음을 비운다는 것은 불가능에 가깝다.

끊임없이 괴로워하다 즐거워하다 슬퍼하다 노여워하며 살아간다.

잠시 텅 빈 무저갱 같은 평온을 경험하기도 하겠지만 그 짧은 순간이 우리가 사는 시간의 전부가 아니다.

마음이 흐리다. 그러니 하늘도 흐리다.

흐림에서도 밝음을 찾으려 시도해 볼만도 한 때가 있었을 뿐이다.

그런 시간의 열정은 극도의 피로감을 더해주기에 충분하다.

마음을 덮칠한 흐림을 걷어내지 못하는 한 여전히 흐리다는 것에는 변함이 없다.

무시로 시간이 지나가고 나서야 옅어진 흐림이 자취를 감추면 자연스레 흐림에서 빠져나올 수 있을 것이다.

하늘을 본다.

하늘은 내가 아니다.

구름 위의 하늘은 찬란할 것이 틀림없다.

흐린 것은 나의 지금인 거다.

마음조절

뜨거운 커피 한 잔 책상에 올려놓고 마음조절을 한다.
비우며 살라고 내려놓아야 한다고 장자는 말하지만 道를 깨우치자고,
실천하며 살자고 하는 것도 아니고 그럴 자신도 생각도 없다.

내려놓을 수가 없다. 사는 일 자체가 집착이다.
싫은 일을 안하며 살 수도 없다.
즐거운 일은 두어가지도 채 안되고 주변에 일어나는 일들은
죄다 인상이 구겨지는 일이다.

커피가 혀를 쓰게 덮친다.
쓴 맛이 오히려 황홀할 수도 있다는 것을 커피를 통해 안다.
쓴 맛도 길들여지면 어떤 달콤한 맛 보다도 중독이 강하다.

쓰게 마음을 조절해 본다.
비우지 못해도, 버리지 못해도, 싫어서 싫어도
내가 서 있는 곳을 벗어날 수 없다면 내가 나를 조절하는 방법뿐이다.
길 안에서 길 밖만 무던히 동경하며 살 수는 없다.

낯선 세계

기억이 드물어지고 새로워 진다.

모든 상황들이 데자뷰 같다.

잊음이 아니라 끈긴 필름처럼 잠시의 망각이다.

낯설어서 처음처럼 인식함이 되풀이 된다.

잡고 있는 것보다 놓치는 것이 더 많다.

일부러 그런다.

나의 세계를 재창조하기 위해서.

끊어놓은 실을 매듭을 지어 잇는 것.

되돌려 가는 것보다 흠은 영원히 남더라도 앞으로 갈 빠른 선택이다.

흠이야 많으면 어떤가.

치열하게 상처를 봉합하며 새로 살았다는 멋진 증거라고 자위하면 된다.

자위의 짜릿한 쾌감은 자신만이 안다.

세계를 꾸민다.

덜 맘 상해도 되고, 덜 가져도 수치스럽지 않고, 사랑 같은 사치가 없어도 가슴 뜨겁게 살고, 목적 없다고 무능하다는 손가락질이 없는 그런 무딘 날이 녹슬어도 칼은 칼이고 가위는 가위라고 불러줘도 당당한 세계를.

소멸 혹은 영원에 관하여

영원할거란 건 희망사항이다. 대부분의 약속에는 영원히 라는 단서가 붙지만 시간은 결코 영원의 편에 서지 않는다는 것을 곧 알게 된다.

어쨌든 영원이란 사람들의 헛바람이다.

우주 내에 영원히 변하지 않을 것은 없으며 사람도 영원히 그대로를 유지할 수 있는 것이 없다는 것에는 육체도 마음도 마찬가지다.

약속에 매어둔 영원쯤이야 하물며 얼마나 지속되겠는가.

나뭇잎에 맺힌 물방울처럼 한나절도 못 갈 영원도 있겠고.

나무도장에 새긴 영원처럼 몇 번 쓰이다가 버려질 영원도 있을 것이다.

영원은 소멸하게 되어 있다. 소멸이 영원을 이기는 것이 아니다.

영원이 소멸에 적응하는 것이다. 소멸은 우주법칙의 근원이기 때문이다.

그러므로 영원하지 않다고 서운해할 이유는 없다.

영원히 라고 서로의 심장에 낙인을 남길 필요도 없다.

소멸하지 않고 버티려는 것들의 헛된 욕망에서는 악취가 난다.

시간을 지연시킬수록 영원은 이미 처음의 영원을 변질시킨다.

영원도 영원하지 않다.

소멸만이 영원히 반복된다.

글쎄, 그 거짓말에 속지마

뭐든 하면 된다고 한다.

사람들은 그렇게 믿어보고 싶다. 하면 이뤄지지 않는 일이 없다고 한다.

사람들은 그렇게 될 것이라고 막연히 고개를 끄덕이고 싶다.

그러나 하면 될 것만 된다.

해도 되지 않을 일은 아무리 해도 안 된다.

하면 된다는 말은 참말이기도 하고 거짓말이기도 하다.

해서 다 된다면 좌절할 사람이 없다.

실패에 좌절해 죽을 듯 낙심한 사람에게 노력이 부족해서.

하려고 하는 절대적인 의지가 모자라서라고 하는 말을 하는 사람이 있다.

불난집에 선풍기를 틀어대는 짓이다.

나는 이렇게 말해준다.

"수고했어." "하고자 했다는 것을 잘했어."

하면 된다는 말은 하지 않으면 안 된다는 말로 믿으면 돼.

돼서 하는 것이 아니라 하고 싶어서 한 것이잖아.

모든 일이 하면 이뤄진다고 둘러대는 그 거짓말에 속지마. 속상해 하지마.

글쎄, 될 일만 하고 안될 일은 아예 안 한 야비한 인간들의 자기과시지.

칠변화와 변화

변색도 변화다.

칠변화는 꽃잎의 색깔을 일곱 번 바꾼다고 해서 붙여진 이름이다.

반드시 일곱 번을 바꾸는지는 지켜보지 않아서 장담할 수 없지만 그만큼 변화를 통해서 자신의 존재감을 유지한다고 보아야 할 것이다.

변화를 오해하는 사람들이 있다.

형태나 본질이 바뀌어야만이 변화라고 단정짓는 단편적인 사고를 가진 사람들이 변화를 주도하다 보니 올바른 변화의 모습은 사라지고 왜곡된 변질이 변화로 받아들여지는 경향이 두드러지고 말았다.

변화에 대한 편견이 변질이 되어버린 단적인 결과라고 생각한다.

변화는 모양의 변화일 수도 있다. 그러나 더 많은 변화는 작은 변색이거나 약간의 자리이동이다.

변화는 힘으로 이어져야 진실된 변화다.

상황의 이탈을 위한 임기응변에 머문다면 변화라고 할 수가 없다.

회피일 뿐이다.

변화가 생존을 담보로 하는 것이라면 반드시 새로운 힘을 동반하여야 하는 것은 당연한 자연의 이치다.

생존을 위한 변화가 아니라면 당연히 변화가 아니다. 그것은 자기과시에 지나지 않는다.

칠변화의 일곱 번의 변색은 자신의 존재를 존재답게 인식시키기 위한 생존의 의지에서 비롯된다.

자기과시와는 별개다.

우리도 끊임없이 자신의 색을 변색시키면서 살고 싶어 한다.

오늘의 내가 내일의 나와 차이가 나도록 살고 싶은 것이다.

추억의 옷을 벗다

보통의 평범함의 옷을 입고 사는 사람들은 살아가는 동력이 과거에 대한 추억이다. 지나간 시간에 대한 추억의 힘으로 앞으로 나아가는 것, 가장 힘있게 긍정의 삶을 이어갈 수 있는 단초라고 해도 될 것이다. 그러나 추억에 집착해 추억 속으로만 들어가려고 한다면 동력이 아니라 블랙홀로 추억은 전락되고 만다.

추억은 미래를 향해 열려 있을 때 강력한 도발적 힘이 된다. 추억의 옷을 벗는 것이 추억을 버리는 것은 아니다. 지나간 시간이 그 시간마다 다른 기억의 옷을 입고 있는 것은 자주 옷을 갈아입으라는 암시와도 같다. 오늘 한 겹의 추억 옷을 벗는다. 희망의 옷으로 갈아입는다. 그 옷의 질감만큼 나는 앞으로 나갈 수 있을 것이다. 그렇게 나를 믿어주기로 한다.

희망은 잡아야 한다. 희망을 품지 못하면 고통이 파고들어 온다. 희망은 누군가 주는 선물이 아니다. 내가 만들고 키우는 자기암시다. 삶과 죽음으로부터 나는 삶에게 치열한 희망싸움을 시작한다.

사는 것이 쉽지 않듯 죽음도 쉽사리 찾아오지 않는다. 틈을 주지 않기 위한 절박함이 개입할 때 죽음은 삶에게 고개를 숙이고 경의를 표할 것이다.

오늘 나는 새로운 희망을 만들어 낸다. 살아야 할 이유를 갱신한다. 추억의 옷을 벗는 일은 희망 앞에 알몸으로 선다는 것과 같다.

콩깍지

눈이 좋게 멀었다는 상태를 빗대 콩깍지 씌웠다고 하데요.

빗대 표현하기 좋아하는 것은 동서양을 말미암아도 통용이 될 겁니다.

직유처럼 다양하게 표현할 방법이 사실상 없다는 것을 누구라도 알고 있는 것처럼. 은유는 지나치게 단정적이어서 특출한 깨달음이 없이는 함부로 사용하기 벅차거든요.

콩깍지는 직유와 은유에 양다리를 걸치고 있답니다.

콩깍지 같이 계산 없는 즐거움.

콩깍지 사랑이다 와 같은 단호함.

내 삶에게 콩깍지를 씌웁니다. 멀어질 수도 멀어져서도 안 되는 시간을 공유하면서 어디든 동행을 해야 하는 삶에게 나는 순종합니다. 콩깍지를 입혀놓으니 눈에 뵈는 것들이 전부 아름답습니다. 아등바등 살면서 삶의 모서리 같은 뒷등만 보며 살게 된다면 어찌나 불행해지겠나요.

눈멀게 살아갈 수 있는 콩깍지.

마음을 순하게 이끌어내는 콩깍지.

누구라도 모든 것을 사랑에 이르도록 인도하는 콩깍지. 떼어내려고 안간힘써도 떨어져서는 안 되는 콩깍지를 그대에게 선물합니다.

그래

최면을 걸며 살아갑니다. 최면은 자기암시이지요.
아침에 눈을 뜨자마자 '그래'라고 뇌까립니다.
'그래'는 내가 나에게 던지는 하루의 화두랍니다.

그래, 그렇게 될 거야.
그래, 그처럼 이뤄질 거야.
그래, 그리 보게 될 거야.

'그래'는 내가 부르는 희망의 찬송가일지도 모르겠습니다. 보고 싶은 대로 보고, 듣고 싶은 대로 듣기를 바라며 속으로 흥얼거리는 나만의 노래 가사.

최면이 복잡할 필요는 없지요. 최대한 빨리 젖어 들고 푹 빠질 수 있기를 바라며 짧고 낮은 중얼거림을 택하다 보니 '그래'가 되어버렸지요.

'그래'는 내가 나를 사랑하는 가장 손쉬운 방법입니다.
'그래'는 지쳐 포기하지 말라고 스스로에게 보내는 메시지입니다.
지금도 속말로 '그래, 그래' 주문을 외우고 있습니다.
나에게 최면을 거는 서툰 주술사가 되었지요.
그대도 그대만의 주문을 가지고 있나요.

탓의 효용

건투를 빕니다.

모두에게 그리고 나에게도.

용기와 인내와 노력만으로는 부족한 세상이 되어버렸네요.

뭔가 허전하고 부족한 마음에 자꾸만 뒤를 돌아보게 되고 탓을 하게 됩니다.

탓을 한다는 게 다 잘못된 것은 아닙니다.

나 때문이야, 너 때문이야, 그들, 그것, 세상 때문이야.

라는 흔한 탓들이 위안이 되는 것은 부정할 필요가 없습니다.

무엇에게도, 아무에게도 탓을 할 수가 없다면 얼마나 팍팍한 삶이 되겠습니까.

사람은 혼자서는 살아갈 수 없는 동물이지요.

서로에게 기대기도 하고 싸우기도 하면서 어울려야 만족하며 살 수 있지요.

그래서 탓을 하게 됩니다.

탓을 해야 됩니다.

덕분 이다도 말의 억양과 표현 방식이 달라서 그렇지 결국은 일종의 탓입니다.

좋은 탓은 듣기 좋아서 좋고, 싫은 탓은 위로가 되어서 좋기도 합니다.

탓을 하는데 인색할 필요는 없답니다.

마치 잘못을 전가할 때만이 탓을 한다는 오해는 버려야 합니다.

우리는 매 순간 내 탓, 남 탓을 하면서 살아가고 있습니다.

사랑도 탓이고, 존경도 탓이고, 슬픔도 탓이고.

모든 감정이 개입되는 행위는 일종의 바램을 빙자한 탓입니다.

맘껏 탓하며 용기도, 인내도, 노력도 못 채우는 허기를 채우며 살아갔으면

좋겠습니다.

건투를 빕니다.

그대 때문에 행복해지고 있답니다.

그대 때문에 술술 마음이 풀어지고 있답니다.

그대 때문에…….

꽃밭에 앉아서

과꽃과 눈맞추다

햇빛이 조금 수그러든 저물 무렵 동네 한 바퀴를 돌다가 넓은 터에 집은 조그맣게 지어놓고 마당을 큼지막하게 조성해 놓은 전원주택 앞을 지나가며 절로 감탄사를 내뱉게 된다.

저리 아름다운 마음들을 가꾸기 위해 마당을 넓혔구나.

나무 울타리 사이에도, 울타리 밖에도, 울타리 안에도 주인네의 단정하고 오밀조밀한 성품이 심어져 있다.

자기만이 아니라 집 앞을 지나가는 사람 누구나가 아름다워 지라고, 꽃을 보며 힘을 내라고, 함께 살아가는 세상이 진정 행복한 것이라고 메시지들을 가꿔 놓은 것이다.

사람은 마음 씀씀이가 예뻐야 실로 아름다워지는 것이다.

아무리 큰 집에 살아도, 아무리 좋은 차를 가지고 있어도, 마음이 넓지 못하면 탐욕에 찌든 짐승일 뿐인 것이다.

걷기를 멈추고 화단 앞에 쪼그려 앉는다.

과꽃이 내 눈을 맞춘다. 나도 눈을 깊이 맞춘다.

걱정을 대하는 태도

걱정이 없다는 말을 하는 사람은 있을 수 있지만 실제로 그런 사람은 없다.

석가모니도 중생을 구하고 해탈하기 위해, 예수도 하나님을 섬기도록 가련한 사람들을 이끌기 위해 노심초사 했기 때문에 스스로 원하는 결과를 가져올 수 있었다.

걱정은 달리 보면 원하는 바를 이루기 위한 집요함에서 오는 것이다.

걱정이다.

작열하는 태양 때문에 지쳐 할 일도 없어지고 해야 할 일도 상실한 채 무기력해질까 봐서.

어느 순간 광포한 폭우처럼 내 안의 오기들이 터져버릴까 봐서.

무엇보다도 나에게 비롯되어서 혹여 상처받은 사람들이 상처를 아물리지 못할까 봐서.

또 걱정이다.

원하고 원하는데 다른 길로 엇갈리는 결과가 나올까 봐서.

피하고 싶은 상황이 불쑥 앞을 가로막고 나설까 봐서.

걱정이 없이 살 순 없다는 것을 안다.

어쩌면 매 순간 다른 걱정들을 중첩적으로 반복하면서 살고 있다는 것조차 망각할까 걱정이다.

　기왕 걱정에 둘러 쌓여 살 거면 걱정에 매몰되고 싶지는 않다.

　걱정도 내 삶의 일부분일진대, 내가 살아 있다는 것을 증명하는 것일진대 걱정도 즐겨보면 어떨까.

　지나친 낭만적 태도일까.

　그대는 걱정에 어떻게 맞서고 있나요.

정반합

밤새 선풍기 바람에 시달리며 뒤척이는 날이 계속되고 있다.

고역이다.

끈적거리고 꿉꿉한 몸이 정신까지 산만하게 한다.

그런데 입추가 다가오니 바람이 살갗에 와 닿는 감촉이 다르기 시작한다.

절기란 오묘한 자연의 질서를 절묘하게 맞춰놓았음을 되새긴다.

아무리 현재가 어지럽고 역겨울지라도 시간의 오고 감에 자리를 교대하게 되어 있는 것이다.

가지런하게 정리된 생각들이 어느 순간 하나의 틈이 생기면 온통 흐트러져 버리듯이 흔들림 없을 것 같던 모든 것은 영원하지 못하다.

혼란에 먹혀 진척이 없을 것 같던 일들도 하나의 계기가 급격히 전환점을 만들어 주기만 하면 일사천리로 진행이 되듯이 풀 수 없다고 여겼던 것도 마찬가지로 계속되지 못한다.

흐트러졌던 것이 다시 모이고 또 흐트러졌다 합치기를 반복하는 것이 우리가 사는 삶의 연속이다.

혼란을 두려워할 필요가 없는 까닭이다.

거부하고 회피한다고 삶의 굴렁쇠에서 이탈할 수는 없다.

잘 적응하고 이겨내면서 사는 것이 잘사는 것이다.

열대야가 농도를 낮추고 있다는 것을 피부가 느끼고 있다.

폭염도 절정을 넘겨 시간의 뒷등에 올라탔음을 느낀다.

그대가 가지고 있는 아픔도, 아련함도, 가슴 먹먹함도 곧 자리를 잡을 것이다.

완전히 그대의 삶의 일부가 되어 몸을 합칠 것이다.

후련하게

눈물이 나려 하거든 눈물 셈을 터뜨려버려라. 참다 참다 그러다 낳아지지 않을 거라면 사정 볼 필요 없이 펑펑 울어버려라.

체면이란 거 최면 같은 거 아니겠는가. 무너져도 다시 세울 수 있다고 자기 암시를 걸고 눈치 보지 말고 쏟아내 버려라.

눈물이야 절대 동나지 않는다. 마르지 않는다. 실신해 쓰러져도 눈물은 흘릴 수 있다. 울고 싶거든 눈물을 머금지 말고 분출해버려라.

내가 나를 못살게 구박하는 것이 눈물을 참는 짓이다.

눈시울만 붉히지 말고 흥건하게 휴지를 적셔버려라.

후련하지 않겠는가.

웃음이 나려 하거든 배꼽이 찢어지도록 웃어버려라.

참다 배땡겨 질식할지도 모르는데 누구의 눈이 무서운 거냐.

체면이란 내가 쓴 굴레 같은 거 아니겠는가.

벗어내도 벗어내도 달라붙는데 무서워할 필요도 없지 않는가.

적당히 웃지 말고, 눈 씰룩이지 말고 목청 터지도록 웃어버려라.

나를 미련하게 만들어가는 것이 웃음을 참는 짓이다.

입 일그러뜨리지 말고 이빨 빠지도록 크게 웃어버려라.

쓰러져 뒹굴어도 개운하지 않겠는가.

망아(忘我)의 잘못

나아(我)라는 한자어를 문득 떠올려 봅니다.
흔히들 가장 사랑해야 할 대상에 대해
우리는 자의든, 타의든 망각하고 살고 있지는 않는 것인지.

그대는 누구를, 무엇을 우선 사랑 하고 살고 있는지요.
가족, 연인, 일…….
아니어야 합니다.
아닐 겁니다.

누구보다도, 무엇보다도 가장 우선되어야 하는 것은 나일 겁니다.
그런데 나를 사랑하고 있는지, 나를 어떻게 사랑해야 하는지.
잊고 혹은 잊으려 하면서 살고 있지나 않는지 생각해 볼 일입니다.

나는 절대 잊혀질 수 없고, 뒷순위로 제껴져서도 안됩니다.
흔히 나를 버려서, 희생해서
더 크고 고귀해질 수 있다는 착각을 하게 되기도 합니다.
그래서 대의를 위해 초개와 같이 목숨을 소홀히 하는
어처구니 없는 일이 간혹 일어나고 있지요.

망아, 나를 망각하는 것은 나를 기만하는 것입니다.

나를 제일 사랑해줘야 내가 다른 사람을,

다른 일들을 최선을 다해 사랑할 수 있다고 믿습니다.

나를 사랑하는 것은 짝사랑 같은 것이 아니어야 합니다.

있는 그대로를 사랑해주고 받아 주어야 합니다.

그대여, 오늘은 그대 자신에게 최고의 사랑을 대접해주세요.

그냥 시간을 찔러보다

끄적끄적, 깨작깨작 시간을 뜯어내고 있습니다. 그렇다고 무료한 것도 아니고 해야 할 게 딱히 있는 것도 아닙니다. 미풍인줄 알았던 살랑임이 알고 보니 격렬한 회오리였다는 것을 알았을 때 당황하기 보다는 차분해지려 회오리의 중심에서 몇 걸음 돌아 나와 조심스레 바라볼 수 있는 여유를 오히려 갖게 되었지요.

어떤 것이든, 어떤 일이든 내 마음대로 할 수 없다는 것을 알고 있는 나이가 되었기 때문일 겁니다. 모순이 세상을 정상적으로 돌아가게 하기 위한 쳇바퀴라는 것을. 어패가 있는 명제라도 삶의 진정성이 담겨 있을 수 있다는 것을. 몸으로 마음으로 체험했기 때문일 겁니다.

격정에 사로잡혀 섶을 지고 불구덩이에 뛰어들지 못하는 것은 불타버릴수록 허연 재만 남아 흩어져 버리기 때문입니다. 사라지는 것 보다는 작게라도 남아 지워지지 않는 잔상으로 파문처럼 오래도록 흔적을 남겨놓고 싶어섭니다.

그저 존재하는 것만으로도 힘이 되고 의지할 수 있는 하늘처럼, 바다처럼, 산처럼 그 자리에 그대로 있어주기를 바래봅니다.

시련도 그렇습니다. 나를 툭,툭 건드리는 시련을 그저 담담하게 시간을 뜯어내듯 톡,톡 손가락 끝으로 찔러봅니다.

일상 속 일상이 에피소드다

벌써, 6월의 마지막 날이다.

시간이란 회상할 수는 있어도 돌이킬 수는 없다.

왔던 길을 되돌아 갈 수는 있으나 흔적을 지울 수 없는 것처럼 한 번 새겨버린 일이나 기억은 지워낼 수가 없다는 것을 절감하면서 오늘 하루는 지나왔던 시간을 되새김질 하고 내일부터 새로 시작될 하반기의 삶에 대해서 진솔하게 생각해 봐야겠다.

기억을 되돌려 그 동안의 일들을 생각해 본다.

당시에는 죽을 것처럼 다급했을 일들도 지금에 와선 '정말 그랬을까?'

좋아서 웃음 보따리를 터뜨렸던 일들도 지금에 와선 한결 희미해져 있고.

사람이란 현실적인 동물이라는 게 오히려 멀리 떨어져서 보면, 시간이 흐르고 나면 더욱더 실감하게 된다.

기억에 남는 에피소드라……

글쎄 첫 번째는 블로그를 본격적으로 시작하면서 그 동안 시 쓰기 이외에 해보고 싶었던 사진을 시도해보고 있어서 요사이엔 거의 사진 찍기에 중독수준이 되어버렸다는 것.

두 번째는 가족의 사랑에 대한 좀 더 구체적인 실천들을 시작했다는 것.

그 동안에는 말로 표현하기엔 좀 쑥스러워서 속으로만 사랑을 했다면 이젠 좀 더 과감하게 표현하고 행동할 수 있게 되어 언제 어디서든 〈딸아이의 말에 의하면 부담스럽게〉 자연스럽게 사랑의 행동이나 말들이 나오게 되었다는 것이다.

이 두 가지 만으로도 내겐 거대한 변화라 할 수 있겠다.

일상 속 일상을 살아가는 것이 가장 큰 에피소드다.

뭔가 획기적이고 도드라진 일들이 반드시 있어야 삶이 풍요로워지는 것은 아니다.

작은 일들이 차곡차곡 모여 시간의 흐름을 부유하게 모아가는 것이다.

나의 에피소드에 대한 생각은 이렇다.

나리꽃의 춤

한나절의 정적이 무서운 거냐. 하늘을 향해 치켜든 꽃송이는 정지모선이다.

한 송이 한 송이가 힘을 모아 하늘을 받치고 있다.

사력을 다해 하늘받침이 된 나리꽃의 사명이 눈부시다.

꽃술이 아무리 쭈뼛쭈뼛 정적을 찔러대도 바람마저 숨을 멈춰버린 오후의 다소곳함은 끄떡도 하지 않고 빛의 산란 속도도 주황빛에 막혀버렸다.

빛깔은 꽃의 몸짓이다.

향기가 꽃의 언어이듯 빛깔은 존재가치를 드높이기 위한 몸부림이다.

제 몸의 색을 갖지 않는 꽃이 어디 있는가.

향기가 없다면 노래를 부를 수 없듯 빛깔이 없으면 춤을 추지 못한다.

몸짓이 될수록 오래도록 번창한다.

댄서들의 숙명은 도드라짐이다.

무리 중에 두드러지지 않는 춤은 잊혀지게 되고 잊혀진다는 것은 사라진다는 것이다.

같은 공간에 있으면서도 한 뼘이라도 더 하늘 가까이에 닿기 위해 온 몸을 곧추세우는 모습이 아름다움을 만들어 내는 것이다.

꽃이 아름다운 것은 스스로 살아내기 위한 노력이 있기 때문이다.

어떤 생명이든 피나는 노력 없이는 절대 아름다워질 수 없다.

한낮의 정적 속에서 끊임없이 숙덕거리는 소리가 들린다.

정적 속에 꽃들의 아름다운 춤 싸움 소리가 시끄럽다.

들어보라. 단 한 동작도 쓸데없이 소모하지 않고 자신을 지켜가는 춤사위 소리를.

나는 먹먹한 가슴으로 무대를 본다.

어떤 대작의 공연보다 웅장하고 감동이 격해지는 나리꽃의 공연에 푹 빠진다.

햇빛의 조명과 흙의 단상에서 바람의 음향효과에 맞춰 노래하고 춤추는 배우들에게 찬사를 보낸다.

너의 춤은 신성하다. 유희를 위한 춤이 아니어서 더 가슴 저린 감격이다.

바꿀 수 있다는 것

선택하는 순간 바꿀 수 없다고 믿은 적이 있을 겁니다.

직업도 그렇고, 사랑도 그렇고 그런데 살아보니 바뀌지 않는 것은 별로 없게 됩니다.

직업이야 언제든지 준비가 되고 환경이 달라지면 바꿀 수 있을 거고.

사랑도 절대불변이라고 우겨보지만 꼭 그런 것만도 아니지요.

한 번 선택한 것을 영원히 바꿀 수 없다고 가정해 봅시다.

아, 뭔가 억울하고 속박되지 않나요.

사람이란 환경의 변화에 민감하게 대응하며 살아가는 것이 맞습니다.

또한 심리적인 변화에 적극적으로 반응하며 살아가고 있습니다.

무엇이든 바꿀 수 없는 것은 없습니다.

바꾼다는 것은 변화한다는 것이지요.

단순히 직업과 사랑을 예로 들었지만 그야말로 단편적인 예에 불과하지요.

바꿀 수 없다면, 바꿈을 허락 받지 못한다면 주체적으로 살아갈 수 없는 구속의 존재가 되어버리는 것이겠지요.

바꿀 수 있다는 것은 자유스럽다 혹은 주체성을 가졌다고 말할 수 있습니다.

그래서 깨달음의 순간에, 간절한 필요성을 느낄 때 스스로를 바꿔가게 됩니다.

오늘 현재를 바꿀 수 있는 즐거움이 미래를 설치하게 되는 것처럼 바꿀 수 있다는 것은 삶을 능동적으로 살아갈 수 있도록 하는 축복입니다.

절대 바꿀 수 없는 것은 부모님으로부터 받고 자식에게 물려준 핏줄과 이미 만들어져 굳혀져 버린 과거일 뿐입니다.

바꿀 수 없는 과거가 되기 전에 바꿔야 할 게 있다면 지금 그 축복을 누려야 됩니다.

그대는 무엇을 바꾸고 싶은가요.

하늘동굴

사진 한 장 찍어 놓고 스스로 좋아서 "하늘동굴"이라고 사진 이름을 지었다.

메타세콰이어가 서로의 가지를 뻗어서 하늘로 통하는 문을 만들어 놓았다.

뭐, 순전히 이건 내 시각에서 본 상상의 문이지만 그럴 듯 하다.

인간은 동서양을 막론하고 仙적인 존재다.

하늘을 동경한다. 동양의 하느님이나 서양의 하나님이나 그 의미는 다를지라도 결국 하늘에 있는 선망과 우러름의 존재라는 것을 부정할 수는 없다.

그 우러름이 사람이 죽으면 하늘로 영혼이 올라간다고 믿게 되었다.

천국이나 천당이나 극락이나 천상의 세계는 어느 종교를 막론하고 하늘에 있게 되었다. 천사도 선녀도 그렇다.

사람이 하늘에서 사는 신성한 존재가 될 수 없으니 자연히 하늘을 동경하고 하늘에 근접한 다른 차원으로 나아가고자 한다.

동양에서는 도를 쌓아 신선이 되고자 하고 서양에서는 마법사?가 되어 신과 같은 능력을 가지려 한다.

하늘은 희망이며 삶의 중심이며 또한 절대적인 善이다.

사진 속의 하늘 문을 통해 하늘에 닿고 싶다.

아스라하지만 손을 뻗으면 쑥 딸려 들어갈 것 같기도 하다.

정리

정을 떼어내는 게 정리일 거예요.

가지런히 다시 주변을 세우는 것은 이전의 상태에서 벗어난다는 거지요.

과거에 대한 결별이니 정을 뗀다는 해석이 전혀 틀리지 않다고 생각해요.

그래서 정리는 정을 뗀다는 나의 해석을 포기할 수 없어요.

얼른 정리하고 싶은 것이 많은 하루였네요.

날마다 비틀거리며 취해 들어와야만 잠을 이룰 수 있는 외로움의 병과도.

말을 섞고 싶지 않은 사람과 부득이 대화를 해야 하는 질겁되는 시간과도.

얼굴조차, 목소리조차 보고 듣지 말고 싶은 사람과의 어쩔 수 없는 관계의 지속과도.

정리하고 싶은 그런 하루.

하고 싶고 기다리는 일과 보고 싶고 함께하고 싶은 사람과의 시간은 어찌 그리 짧아 아쉬운 건지.

정리하고 싶지 않은 시간은 스스로 멀어지려 하는데.

오늘 하루를 정리하면서 정리에 대한 나의 해석을 만들어 봅니다.

공감하든 그렇지 않든 그대의 몫으로 남겨놓아요.

겁쟁이

천둥 번개가 세상의 모든 소리를 삼켜버린 오전이었습니다. 덜컥 겁이 난 건 왜일까요. 특별히 잘못 살지도 않았는데, 지탄받을 죄를 범하지도 않았는데. 원초적인 무서움만 이었을까요.

누구나 겁을 내고 겁나는 일은 회피하려고 합니다. 무서움을 모르는 사람은 없습니다. 단지 무서움에서 도망치기 위해 두려움이 없는 것처럼 자기암시를 할 뿐입니다. 정말 두려움이 없다면 세상의 이치를 초월했거나 정신이상이거나 하나겠지요.

오늘은 겁이 나는 하루입니다. 겁을 내며 살고 싶은 하루라고 해야 할 것 같습니다. 스스로 삼가고 낮게 마음 다스리며 살고 싶습니다. 남이 싫은 일, 말, 행동을 하는 것을 겁나게 겁내고 싶습니다.

누군가에게 상처가 되고 그 상처가 생채기로 오래도록 남는다면 크나큰 삶의 오류를 저지르는 것입니다. 겁을 무시하는 사람들은 무용담처럼 자신의 잘못을 포장하려 듭니다. 정작 자신의 상처에는 민감하면서 말이지요.

겁쟁이들이 많을수록 살기 좋은 세상입니다. 그들은 나보다 먼저 남을 배려하고 자신의 상처를 남에게 전가하지 않으려 하기 때문입니다. 나는 겁쟁이랍니다.

콜라보레이션

장마전선과 태풍의 영향으로 비가 온다는 소식이 들려오는 아침입니다.
섞임에 대한 생각으로 하루를 시작합니다.
비도 뜨거운 공기와 차가운 공기가 만나 서로 섞이는 결과물입니다.

아무리 좋은 식재료라도 홀로 감칠맛을 낼 수 없습니다.
황금비율을 찾아내 적용시키지는 못할지라도 서로 궁합이 맞는 다른 재료
와 양념이 첨가되어 주물럭 주물럭 섞여야 눈으로도, 혀로도, 코로도 제 맛을
음미할 수 있습니다.

우리도 그렇습니다.
혼자서 자신의 최대의 능력을 끌어낼 수는 없습니다.
비슷한 생각을 공유한 사람들과 한데 어울려 공동체를 만들기도 하고 서로
전혀 다른 가치관을 가진 사람들이 모여 시너지효과를 발휘하며 살아갑니다.

요사이엔 이질적인 것을 융합해 전혀 새로운 결과를 창조해내는 것을 콜라
보레이션이라고 한다지요.
동종이든 이종이든 섞여 서로가 서로의 존재가치를 헤치지 않고 어울려내
는 것이 삶의 충돌을 최소화시키고 서로를 존중하는 것입니다.

물과 기름처럼 서로를 밀어내며 겉돌다 시간을 허비하고 돌이킬 수 없는 관계가 되는 일이 줄어들었으면 하는 바램을 가져봅니다.

가족간에도 마음이 섞여야 평화롭고 행복한 가정을 유지해 갈 수 있습니다.

남자와 여자도 다른 생각을 합쳐 공유해야 사랑을 이룰 수가 있습니다.

가족간이 동종의 결합이라면 이성간은 이종의 결합이라고 해도 될 겁니다.

섞여 들어가고 싶습니다.

내 삶 속의 서로 다른 충돌들에도, 그대의 단단한 다름에도…….

빛나거나 미치거나

자신의 생각과 의지를 관철해 가기 위해 열심히 노력하는 게 우리의 모습임을 변명할 필요는 없지요. 성취감이라는 것, 우월감이라는 것. 하고 싶은 일을 이뤄내거나 남들보다 조금 앞서서 좋은 결과를 내는 데서 오는 부산물이라고 해도 되겠지요. 할 수 있는 것을 하고, 해야 되는 일을 하고, 이루고자 하는 것을 이뤄내고, 누구나가 힘들이며 노력하고 있지요.

나도, 그대도, 당신도.

그러나 전제가 잘 깔려야 합니다. 자신의 것을 하기 위해 타인에게 무작위로 피해를 가한다거나 옆 사람을 지긋이 내려 밟고 선다거나 어떤 상황에도 아랑곳 하지 않고 오로지 자기자만에 취해 간다거나 하는 자기를 위해 남에게 상처를 가하지 않는 범위 내에서라는 전제.

흔하게 이런 전제의 개념도 없는 사람이 주위에 눈살 찌 뿌려지게도 많은 것이 사실입니다. 화가 나지요. 그러나 막아 설 수 없는 대상일 때는 울분을 삭일 수 밖에 없습니다. 인격적인 인간으로 봐줄 수 없다는 포기로 위로를 삼고 맙니다.

전제가 잘 지켜지는 성취는 빛납니다. 전제를 무시한 안하무인은 미친 겁니다. 빛나거나 미치거나, 그대는 빛날 거라 믿고 싶습니다.

인생을 찍다, 사진을 찍다

요즘 사진 찍는 것에 재미를 붙이다 보니 시간만 나면 카메라를 둘러메고 어디든 가게 된다.

아파트 주변에서도, 산에서도, 들녘에서도, 휴양림에서도, 수목원에서도, 꽃밭에서도, 정원에서도 언제 어떤 곳이든 카메라 앵글에 세상을 담아낼 수 있다는 것이 무한한 매력이 되었다.

어느 날 무작정 사진을 찍다가 나는 그냥 '찍다'에 만 머물고 있는 게 아닌가 하는 반문을 하게 됐다.

꼭 사진은 있는 그대로의 모습을 찍는 것일 뿐인가.

고개를 가로 저어보기 시작했다.

'사진은 찍는 것이 아니라 새 영역을 창조하는 것이다'라는 결론에 도달한다.

그렇게 하라고, 이렇게 찍어야 한다고 정해진 것은 없다.

있는 그대로의 풍경과 현상을 기록에 남기는 것도 의미 있는 것일 테지만 내가 의도하는 바대로 각도를 만들어 내고, 대상물의 표정을 바꾸어내고, 배경을 꾸며내고.

한 장만큼의 새로운 세계를 통찰해내는 것이 정말 사진을 찍는다는 묘미가 아니겠는가.

삶이 누군가 정해놓은 상태대로 편율적으로 찍어내듯 살아야 한다면 어떤 의미를 부여하면서 살아 갈 수가 있겠는가.

사진을 찍는다는 것도 결국엔 삶을 어떤 방식으로 살아갈 것인가와 같은 것이다.

정해진 결론은 없다.

살아감의 방법을 바꾸고, 만들어 내고, 꾸며 내고, 통찰해 내면 내 영역을 한 장의 사진처럼 완성할 수 있을 것이다.

사진을 찍으며 나는 내 인생을 찍는지도 모르겠다.

나만의 프레임 속에 나를 창조해 새겨 넣는다.

그대도 그대의 앵글을 만들고 있는가.

생각 속에서 생각을 하다

출근을 해야 한다는 생각이 밤새 머릿속을 꽉 채웠나 보다.

새벽 5시도 안되었는데 발가락이 꾸무럭거려 잠자리에 누워 있을 수가 없었다.

슬슬 사무실이 있는 곳으로 올라갈 준비를 해볼까…….

차를 몰고 고속도로에 들어섰다. 머릿속이 분주하다.

속도계를 힐끗 거리며 제한속도가 속도위반 카메라 앞에서 잘 지켜지는지 봐야 하고 오늘 출근하면 사무실에서 뭘 먼저 해야 할지도 생각해야 하고 그렇지 오늘은 병원에 수술날자를 받아놓은 날이지, 아프지 않겠지, 걱정도 하고 늦은 오후엔 상반기 고객센터 재계약도 해줘야 하고…….

머릿속이 쉴 새 없이 돌아간다.

생각하지 않고는 살 수 없는 것이 우리 삶이다.

흔히 생각이 없다라는 말을 하기도 하는데, 올바른 말일까.

바라는 바를 정확히 유추해내지 못할 뿐이지 생각이 없는 것은 아니다.

생각은 무의식 중에도 이뤄지는 것이다.

생각을 하지 않는다는 것은 뇌가 정지했다는 것일 테고, 뇌가 정지했다는 것은 뇌사상태라는 것일 테다.

뇌사라는 것은 바로 생명이 중단되었다는 것이 된다.

그러니 생각하지 않는다, 생각이 없다는 것은 논리적으로 숨을 쉬고 살아가는 사람에게는 적용이 되지 않는다.

다만 원하는 답을 찾지 못하거나 귀찬이즘에 빠져 생각을 덜 하거나 생각하는데 게으를 뿐이다.

생각이란 멈출 수 없다. 멈춰지지도 않는다.

한 순간도 멈추지 않고 코와 입이 숨을 쉬고 있는 것처럼 뇌는 생각을 하고 있는 것이다.

제3부
그리움마저도 이별을 시작한 가을

약수역을 지나며

그대의 수고로움이 숨어 있는

약수역을 지나간다

시간이 지났어도 여전히

그대의 고단한 청춘이 숨을 쉬며

지금까지 호흡을 흩트리지 않고 있어

지하철도 주춤거린다

내가 기억해내는 시간은

달동네 좁은 골목을 오르내리던

그대의 아픈 꿈까지도 이르지 못하지만

작은 발가락에 힘을 모았을

그대의 중심축을 생각하며

약수역 입구를 지나기 전에

나도 중심을 놓치고 주춤한다

세화에서 집의 의미를 생각하다

낮은 지붕을 에워싸고 있는 돌담들이 바람을 막아 선다.

바다가 바라다 보이지 않은들 어떠하랴.

구멍이 숭숭 뚫린 돌담을 손바닥으로 쓰다듬으며 호젓하게 걸어본다.

웅장한 저택이 집의 전부는 아니다.

현대식 유리창으로 둘러쳐져야 멋진 집이라고 일컬을 필요도 없다.

바람의 길을 내어주고 작은 창문으로 밖의 세상과 통할 수만 있다면 아름답고 화려하고 넓은 집이 뭐 그리 대단하겠는가.

작은 방 한 칸 그리고 소박한 밥상을 차릴 수 있는 공간만 있다면 내려놓을 거 다 내려놓고 수수하게 살아볼 수 있겠다.

아침이면 철썩거리는 파도 소리에 눈을 뜨고 밤이 오면 저음의 웅성임 같은 바다 소리에 심장의 울림과 박동을 맞추며 잠이 들고 무엇도 하지 않아도 좋고, 무엇도 소유하지 않아도 좋을 돌담 아래서 살아 보고 싶다.

세화의 골목길에서 집에 대한 의미를 생각해 본다.

기다림을 기다리며

하지 않을 수 없는 것, 간절히 하고 싶은데 힘이 드는 것.
기다림이 그렇습니다.

기다림의 연속선 위에서 우리는 묵묵히 자신을 지키며 살아가고 있습니다.
사람을 기다리기도 하고 일의 결과를 기다리기도 하고 추억을 기다리기도
합니다.
기다림이란 한없이 즐거운 희망이 되기도 합니다.
반대로 노심초사하는 고역의 시간이 되기도 합니다.

기다리는 마음의 상태가 기다림의 종류를 결정짓습니다.
어떤 기다림을 품고 살아가느냐는 현재를 살아온 자신의 상황에서 비롯되
게 됩니다.
미래의 영역에 있는 기대치와도 흡사해서 과거에 어떻게 살았는지 때문에
기다림이 발생할 수는 없습니다.

어떤 기다림이든 기다림을 품에 안고 살아가야 함을 부정할 수는 없습니다.
좋은 기다림 들은 가슴 한복판으로 모아봅니다.
가령, 보기만 해도 엔돌핀이 샘솟는 사람들과의 소주 한 잔의 약속이라든가.

곁을 내어주기만 해도 마음이 뜨거워지는 사람과의 한 끼 식사 약속이라든 가.

마무리를 잘해놓은 일의 결과물이 어떻게 내게 값지게 돌아올지에 대한 기대감들.

망설여지고 두려운 기다림을 그렇다고 회피할 수는 없습니다.

무릎 아래로 내려 보내며 굳건히 다리에 힘을 주고 당차게 맞이할 준비를 합니다.

그대는 어떤 기다림을 지금 하고 있는 지요.

흐린 가을 하늘 아래서 기다림을 위한 기다림일지라도 후회 없이 해보고 싶지 않나요.

잘 가. 가을이여!

가장 아름다운 모습은 오래 지속되지 않습니다.

순식간에 자신의 모든 것을 불싸지르 듯 태우고 사라져버립니다.

오르막과 내리막이 없는 산은 없습니다.

굴곡과 높낮이가 없으면 산이 아닙니다.

살아감도 그래서 굴곡이 없이 평탄한 삶만을 영위하는 사람은 시체와도 같이 사는 것일 뿐입니다.

치고 빠지고, 오르다 내리고, 흐리다 맑아지고 굴곡진 살아감이 우리에게 가장 아름다운 순간들을 그 때, 그 때 숨겨놓았습니다.

그 아름다움을 찾아 짧은 기쁨을 만끽하는 것은 우리가 우리를 위해 해줄 수 있는 세상에서 제일 보람된 일입니다.

잘 가라. 가을이여!

나와 너의 화사했을 가을이여!

당신과 그대의 너울대는 굴곡진 가을이여!

소슬한 바람이 불어와 가슴 속을 헤집고 멀리 꼬리를 감춥니다.

잠시의 함께 함에도 은은하게 마음을 적셔와 나만이 맡을 수 있는 독특한 체향처럼 부디 나의 모습을 기억 속에 영원히 각인시켜달라고 가슴에 붉은 못을 박아놓습니다.

눈을 멀리 두고 한꺼번에 풍경들을 망막에 아로새겨 넣습니다.

두 눈이 가을에 눈 멉니다.

흔들리지 않는 나무는 없습니다.

제 몸을 흔들어서 나무는 그 동안 함께 했던 나뭇잎들을 떨어내며 수많은 이별의 말들을 저마다의 방식으로 이야기 합니다.

'안녕, 다음 생에도 그대를 만나겠습니다.'

'그대를 보내는 것도, 그대를 다시 만나는 것도 나의 의지겠지만 그대는 목숨 건 사랑이었습니다.'

'그대를 나는 이 자리에서 이대로 천 년이든 만년이든 끝까지 기다리겠습니다.'

나무의 흔들림이 하도 비장하여서 나무둥치에 손을 얹고 나는 먹먹해졌습니다.

내 생애 가장 아름다운 순간들과 조우하며 기꺼이 가을에게 작별을 합니다.

나무처럼 이 자리에서 움직이지 않고 굳건히 살아내겠습니다.

잘 살아보겠습니다.

잠들지 못하는 잠

생각이란 게 단 한 톨도 없는 시간을 갖고 싶었다. 영면 같은 늪에 들어가 가라앉고 가라앉기를 바랐다. 그러나 하나의 거리낌이 깃털처럼 일어나면 꼬리를 물고 다른 거리낌이 연속 부양을 해온다. 영면 같은 평온함은 이미 외딴 곳으로 밀려나버린다.

수많은 뒤척임과 몸부림만 남겨두고 감겨진 눈꺼풀 속으로 파노라마처럼 지나가지 못할 부대낌 들이 펼쳐진다. 이미 잠과의 동화는 깊은 강 건너로 물러가버린다.

사투를 포기하는 순간 잠이 올지 모를 일이지만 포기할 사연도 없어져 버린다. 무의식들이 무의식을 들여오고 개념 없는 개념들이 강하게 저항을 한다.

꿈일지도 모르겠다. 눈 감고 버티는 모든 순간들이 잘 각본 된 잠 속의 허우적임은 아닐까. 깨어있다고 믿는 눈 뜬 시간들이 오히려 잠다운 잠을 자고 있는 것일지도 모르겠다.

현실과 비현실을 구분 짓지 못하는 잠에 빠져 밤을 낮처럼 낮을 밤처럼 오인하며 살고 있는 것은 아닌가. 건넜다고 여겼던 강 건너 애초의 그 자리에 내가 우두커니 서 있다.

반전

상황이란 것은 언제든 급변할 수 있다는 것을 새삼 깨닫게 되는 날이다.

영원한 것은 없다.

변하지 못할 것은 이 세상에 존재하지 않는다.

어제가 오늘과 다르듯 지금이 이따와는 다르다.

권불십년이라.

화무십일홍이라.

한없이 누릴 줄 알았던 권한과 영화도 어느 날 미세한 균열이 생겨나면 확,

둑이 터지는 날이 오고 마는 것.

잘 할 수 있을 때 뭐든 잘해놔야 뒤가 구리지 않을 것이다.

막연히 떠나야 할 상황이 와버리면 만회할래야 할 수가 없다.

씁쓸한 상황의 급변, 반전을 본다.

어제까지 기세 등등 하던 사람의 목소리는 귓가에 남아있으나 여태까지 줄

곧 해왔던 말들은 무슨 말을 했는지 기억에 남지 못한다.

거짓과 위선의 당당함이 당당이 되어서는 안 된다는 한숨이 난다.

지금도 모든 상황들은 변하고 있다.

나도 그 흐름 위에 있음을 부정해서는 안 된다.

거부하려 하지 말아야 한다.

나만은 옳다는 아집을 부려서는 안 된다.

반전이 반드시 위험을 가져오는 것이 아님을 인지해야 한다.

급격한 반전을 빌미로 썩은 살을 도려내고 고인 물은 퍼낼 절호의 호기를 찾아내면 되는 것이다.

그대도 그대의 반전에 몸을 실어라.

정년

정해진 년도, 정해진 나이, 물러나야 할 시기, 새로 시작해야 할 시간.
우리는 어떤 것으로 받아들이고 있는가.
하나로만 받을 수는 없을 것이다.
복합적인 의미로 모두 수용해야 한다.

나는 아직(아직이라고 표현하기엔 좀 그런 것 같기도 하고) 길다면 길고 짧
다면 짧은 기간이 남아있다.
주위에 정년이 임박한 사람들을 많이 보게 된다.
이미 떠난 사람들에 대한 기억들은 금방 희미해져 버린다.
잘 살고 있는지, 잘 살아갈 수 있는지에 대한 궁금증마저도 흐릿하다.

그런데 떠날 시간이 초읽기에 들어간 사람들을 지켜보자면 남 일 같지가 않
다. 남 일이 아니게 된다.
그들의 불안정한 심리상태와 걱정들이 고스란히 내게 전해진다.
동병상련, 어쨌든 나에게도 저런 시기가 곧 오리란 동질감이 생겨나기 때문
일 것이다.

차곡차곡 노후를 준비한 사람은 얼굴에 조금의 여유가 묻어난다.

준비하는 사람을 현직에서 아무리 잘나가던 사람도 이겨낼 수 없다.

떠날 때가 되면 힘있어 떵떵거리름을 일삼던 사람이 자신의 퇴사 이후를 제대로 준비하지 못했다면 그 동안 뭉개고 얕보았던 사람에게마저도 부러움과 부끄럼을 느껴야 할 것이다.

사람이란 언제 어떻게 자신의 운명이 바뀔지 모른다.

과시하고 남에게 굴욕을 주고 몹쓸 짓을 하지 말아야 할 이유다.

손바닥 뒤집듯 입장이 금세 바뀔지 누가 알겠는가.

반대로 머리 굽히고 손바닥 문질러야 할 상황이 오지 않는다고 누가 장담할 것인가.

아무리 잘난 사람도 잘나지 못했지만 꾸준히 자기를 준비하는 사람에게는 결국 머리 숙이게 되어 있다.

정년, 삶을 새로 설계해야 할 시간이다.

제 2의 삶의 밑그림을 지금부터라도 그려 나가야겠다.

늦었다고 생각되면 이미 늦은 것이다.

늦지 않았다고 여겨질 지금부터 이미 정년은 시작되었다고 여기며 준비해야 할 것이다.

그대의 정년은 언제인 가요.

지금부터 아닌가요!

약속 혹은 거짓말

약속은 구속이다. 때론 감당할 수 없는 무게로 돌아오기도 한다. 수많은 약속들을 하고 지키며 사는 것이 생활이다. 삶에게 약속이란 든든한 힘이고 가치가 된다. 그러나 지키지 못하거나 어기게 되면 불편함이 부메랑으로 온다.

약속이 잘못되면 거짓말이 된다. 거짓말은 일부러 꾸며내서 남을 속이고자 하는 말에 한정되지 않는다. 진정을 다해 지키려 했으나 지켜내지 못한 언약도 거짓말로 치부되기 때문이다.

나만의 진실은 나만이 오롯이 알아주게 되는 현실을 함부로 부정할 수 없다. 지키지 못할 약속이 두려운 이유다. 모든 약속을 다 지킬 수 있다면 세상에 거짓말은 존재하지 못할 것이다. 지키고 싶으나 애초에 불가능한 약속들이 큰 속박이 된다.

오늘은 어떤 약속도 하지 않고 지키지 않아서 속이는 일도 없는 날을 만들어야겠다. 날마다 사소하거나 소소하거나 흘려 던지는 약속의 범람 속에 살아야 하지만 단 하루쯤은 입으로도 행동으로도 내놓지 않고 시시껄렁하게 살아도 괜찮지 않을까.

거짓말이 약속이 아니기를. 약속이 거짓되지 않기를.

나에게 귓속말로 속삭여 본다.

오해

진심이 다른 해석으로 전달되거나 아예 의도하지 못한 전혀 엉뚱한 방향으로 흘러가는 것.

살면서 이런 경우를 많이 경험하게 되지요.

오해에 당면해 있게 되면 마음이 갑갑하고 화가 나기 일수이지요.

한번 생긴 오해의 실타래라는 것은 풀고자 한다고 쉽게 풀리지 않게 되는 속성을 가지고 있어요.

엉킨 실은 풀려고 하면 다시 또 다른 곳에서 엉켜 들고 섣부른 풀림의 길을 찾다 보면 되려 영원히 풀 수 없는 미궁으로 곤두박질 치게 되지요.

그러다 결국 자포자기가 되면 날카로운 가위로 실의 한쪽을 잘라내 쓸 수 없게 되어 버리기도 하지요.

선의나 호의에서 출발했더라도 받아들이는 상대가 전혀 다른 방법으로 수용해버리면 선이 악이 되고 호가 불이 되고 말아요.

답답하지만 한방에 오해를 풀려고 덤벼들었다간 낭패를 보기 일수이니 매듭을 풀듯 천천히 잡아당겼다 놓기를 반복해야 해요.

때로는 본질을 무시하고 새롭게 창조된 오해에만 집중해야 할 필요도 있지요.

오해가 다시 오해를 낳아야 처음의 진심으로 돌아올 거예요.

사람의 사고방식이란 일률적일 수가 없어서 나의 진정 어린 말과 행동이 상대방에게 그대로 투영될 수는 결코 없음을 인정해야 해요.

완전한 의견의 합치, 결연한 소통이란 애초부터 불가능한 상태일지도 모르겠어요.

거의 라는 단어의 가치를 다시 확인해 보게 되는 것이 오해에 빠졌다 나오게 되면 확연해지지요.

거의 알아듣겠어, 거의 이해했어, 거의 통했어.

오해는 어쩌면 나를 완전히 이해해달라는 이기심이 만들어내는 사생아 같은 것일 거예요.

그대, 나를 다 알아줄 필요는 없어요.

그대, 나를 백 프로 인정해줄 필요는 없어요.

거의 다가와 있다고만 생각해주면 되요.

나도 그럴 거예요.

백업(BACK UP)

세상에서 가장 어려운 일이 마음을 다스리는 일이다.

자기 마음인데도 어렵다.

내 것이라고 다 맘대로 할 수 있는 것이 아니다.

부화가 올라오고 심장이 쿵쾅거리고 얼굴이 벌개질 때면 걷잡을 수 없이 흥분상태로 대책 없는 진격만을 한다.

그러다 종내는 좀 참을걸 하는 자책으로 귀결되기 일수다.

반대의 경우도 마찬가지다.

뇌에서 슈퍼엔돌핀이 솟구치면 희열에 희열을 더해 격해지고 앞뒤 안 가리며 기쁨에 젖어 의도하지 못한 혼수상태에 이르게 되기도 한다.

역시 과한 상태는 후회로 마무리되기 일수다.

차분해지기 위해서 해야 할 일은 의외로 간단하다.

잠시 동안 모든 감정을 멈추고 눈을 한 번 감으면 된다.

주마등처럼 흘러 들어오는 기억들을 백업하는 것이다.

돌아보고 반추하는 것은 어렵지 않다.

누구나 지나온 시간을 다시 되새김질 할 수는 있으리니.

잊지 않을 것과 잊을 수 없는 것과 잊혀져서는 안 되는 것을 마음속으로, 머릿속으로 백업을 하다 보면 다스려지지 않을 것 같은 마음이 한 순간 스르르 무너져 내릴 것이다.

　오늘은 나를 백업하는 날이고 싶다.
　사고가 막히고 정체되어 무엇을 하고 있는지도 모르게 하루가 쑥 지나가는 날이 많아졌다.
　의미 없는 대화에 빠져 느낌 없는 말들을 던져내거나 영혼 없는 악수를 하고 빠르게 등을 돌려 자리를 벗어나는 시간이 길어졌다.
　지나가고 길어진 시간들을 반추해 보며 마음을 백업 받아 의미를 부여해 보련다.

한 점에 대한 철학적 고찰

결국 모든 귀결은 하나의 점으로 모이게 되어 있습니다.

수없이 많은 갈래길이 있어도 출발점이 각기 다른 점의 길이었다고 해도 목적지를 정해놓은 이상 중간에 해찰을 하거나 포기하거나 되돌아가지 않는 이상 한 점에 모이게 되어 있음은 당연한 결론입니다.

물론 과정에는 많은 변수가 있을 것이고 부딪치고 뚫고 나가야 하고 뛰어 넘어야 하는 것들이 왕왕 닥쳐올 것입니다.

그런 질곡이 없다면 끝 점에 모였다고 하더라도 얼마나 밋밋하겠습니까.

어려움이 많은 나아감일수록 마지막은 벅참이 큰 법입니다.

고난을 두려워하는 것은 비겁하지 않습니다.

피하고 떠넘기려 하는 것이 비겁한 자기무시입니다.

자신을 굳게 사랑하는 사람은 나아감에 머뭇거림이 없습니다.

자신을 사랑하는 사람만이 이웃을 사랑할 수 있고 사랑하는 사람들을 위해 온 몸을 던질 수 있습니다.

사랑하는 것은 어디서 시작했든 어디로 가든 한 점을 향해 부단히 나아간다는 것입니다.

우리는 모두 한 점에 이르기 위해서 매 시간, 매 일을 정진하고 있습니다.

흐지부지 하면서 자신에게 주어진 시간을 갉아먹고 있을 수 없는 운명입니다.

태어남이 다르고, 자라남이 다르고, 높거나 낮은 점에서 출발함이 다릅니다.

다름이 한 점의 크기를 정해주는 것은 아닙니다.

다름이 한 점의 모양을 그려주는 것은 아닙니다.

다름이 한 점의 거리를 좁히거나 멀게 하는 것도 아닙니다.

나의 한 점은 오로지 나의 기대치와 노력이 창조해내는 것입니다.

결국 모든 귀결은 하나의 점입니다.

언제 어떻게 도달했느냐, 어떤 모양의 점이 될 것인가는 자신이 자신에게 얼마나 관대하지 않았느냐에 달려있습니다.

그대의 한 점은 어떤 모양, 어떤 크기, 어디쯤인가요.

머릿속에 떠올려 이미지화 해놓고 그 점에 서 있는 그대를 상상해 보는 일.

지금 해보자 구요.

틀리다

가만 생각해봅니다.
틀리다는 말을 많이 듣고 많이 말로 표현하지요.

맞는 말입니다.
당신과 내가, 그대와 내가 같지 않지요.
같지 않아서 틀리지요.

그런데 나는 틀리다라는 단어를 사전에서 몰아내고 싶어요.
극단적 상황이 틀리다는 데서 오고 마는 건데요.
틀릴 이유는 있겠지만 왜, 막장의 길로 가는 걸까요.
인정을 하지 않는 닫힘의 맘이 만들어낸 우리의 단절이잖아요.

다르다고 말해봅니다.
나와 그대가, 당신이 같지 못합니다.
그걸 틀리다란 말로 벽을 만드는 거지요.
우리는 같지 못하지요.
절대 같을 수 없어요.
단지 달라요.

다를 뿐이지요.

그대 맘이 나와 다르고 당신의 생각이 그와 다르지요.

사랑하는 몸짓과 행동이 같지 않아요.

똑같다고 여긴 행동도 시간이 지나면 같은 선에 애초에 있었던 게 아니지요.

너는 나에게서.

나는 그대에게서.

그대는 나에게서.

모두 하나로 연결될 순 없어요.

결코 그렇다고 틀린 건 아니죠.

틀리다는 것은 정말 틀려요.

아무리 접근하려 해도 섞이지 못해요.

나도, 그대도, 당신도.

틀리지 못합니다.

다를 뿐입니다.

커피잔에 띄워진 입바람

모락모락 김이 올라오는 커피 한 잔 두 손으로 부여잡고 후후 입바람을 분다. 입바람의 역할이란 것이 이래저래 상황에 맞춰져 쓰인다.

뜨거운 것을 식히기 위한 입바람. 꽁꽁 언 손을 덥히기 위한 입바람. 전혀 다른 용도의 입바람이지만 그때마다 안성맞춤이다.

표면이 식은 커피를 한 모금 입 속에 머금는다. 쌉싸름한 맛이 혀를 돌아 백회혈까지 이어진다. 긴장했던 온 몸의 신경세포들이 일시에 느슨하게 이완된다. 중독이다.

몽롱하지도 않다. 후련하지도 않다.

뜨거운 커피에 뜨거운 입바람을 띄우고 나서야 입술을 적신 한 모금의 커피가 일상의 가장 큰 행복한 시간이 되었다.

중독이라고 다 부정적일 수 없다. 마음을 진정시켜주고 몸을 편안하게 풀어주는 작용을 하는 좋은 중독에 빠졌다. 결코 포기하고 싶지 않고 벗어나고 싶지 않은 커피 중독이다.

입바람을 불어넣으며 깊이 커피향기를 들이마시는 순간만큼은 미움도 없다. 원망도 없다. 두려움도 없다. 다만, 나에게 지치지 않도록 일상으로부터 휴가를 명할 뿐이다.

먼지

달라붙은 지도 모르게 딱 달라붙어 있다. 털어냈다고 여겨도 여전히 달라붙어 있다. 이롭지 않은 것들이 이렇다.

함께 가고 싶지 않은 것들은 끈질기다. 생명력이 강하다. 끈적하게 몸에 아교를 붙이고 대든다. 절대 떨어지지 않는다.

아침을 걷는 코의 높이에 잘 맞춰 퍼져있는 안개에 골고루 퍼져 들숨에 들어왔다 날숨에도 나가지 않고 폐에 들러붙어서 쌓인다.
너 하나쯤의 생명은 별개 아니라고 대다수를 표적으로 느긋하다. 왜 이렇게 기생의 도를 실행하며 사는 것들이 득시글거릴까. 왕성하게 잘 살까.

희망을 노래하고 의로움을 말 하지만 그 뒤에 숨겨진 미세먼지 같은 독심을 왜 버리지 못하고 산 다냐. 가면을 쓰고 사는 사람들이 많아 삶의 무도회장은 어수선 하다. 진면목을 드러낸 사람만 소외된다.

먼지 속에 나도 먼지로 떠 다닌다.
나는 그저 바닥에나 가라앉아 지나가는 바람에 밟히는 먼지이고 싶다.
들숨에 들어갔다 날숨에 후련하게 뱉어지는 가는 먼지였음 싶다.

생각편집기

글을 쓰면서 가끔 뜬금 없는 생각을 한다. 떠오르는 생각들을 글쓰기 속도가 따라가지 못해 순식간에 생각을 놓치곤 한다.

다시 떠올려 보려고 아무리 애를 써도 이미 지나가버린 생각은 다시 떠올려지지 않는다. 참, 허망하고 안타깝다.

이런 경험은 누구나 한 두 번씩, 아니 여러 번 경험을 하게 된다.

다만 무의식 중에 혹은 별 관심이 없이 지나쳐 버리기 일수일 뿐이다.

그러나 글을 쓰는 사람에겐 매 순간의 생각을 즉시 즉시 메모할 수가 없어 안타깝다. 한 번 지나가버리면 영원히 다시 그와 똑같은 느낌과 구조를 가진 생각은 오지 않기 때문이다.

그래서 떠오르는 생각들을 곧바로 메모해서 저장해 놓을 수 있도록 뇌에 생각편집기가 있다면 좋겠다는 다소 황당할 수 있는 나를 위한 발명품을 만들고 싶어진다.

물론 그 생각편집기는 오로지 나만이 볼 수 있고 나만이 사용할 수 있어야 한다. 다른 사람이 내 생각을 엿볼 수 있다면 그것은 끔찍한 악몽이 될 것이기 때문이다.

오직 나만을 위한 나만의 발명품, 생각편집기.

아우성

몸이 먼저 반응을 해주지요.

지금 심리적인 문제가 있다고. 좋은 생각만 하면 활기가 넘쳐 펄펄 근육들이 뛰어다니고 걱정에 먹혀 심사가 뒤틀려 있으면 구석구석 원인불명의 통증들이 발광을 시작한답니다.

아우성은 마음이 먼저 터트리는 것이 아닙니다.

생체리듬이 조절능력을 포기하는 몸에 강력한 메시지를 만들어 나에게 던지는 겁니다.

아우성은 흥분상태랍니다.

좋은 상태든 반대의 상태든 스스로 조절기능을 갖춰야 할 때라고 일깨워주는 것이지요.

무시로 시련들이 왔다 가고 나를 건사해야 할 필요성을 경고합니다.

환절기가 되면 더 민감해집니다.

시간의 흐름에 친밀해지는 것이 정상인데 몸은 이전의 상태를 고집하다 보니 탈이 나기도 합니다.

걱정이 사소한 것이어도 증폭시켜 만감을 집중하게 합니다.

아우성은 나를 혼돈으로 몰아가는 호르몬이지요.

그리움의 호르몬.

허무함을 일으켜 세우는 생리염.

쓸쓸함을 조장하는 페로몬.

다 아우성의 변형된 형태입니다.

을씨년스런 만추의 밤입니다.

어깨를 움츠리고 밤거리를 걸어 방으로 돌아옵니다.

지나가는 사람들의 어깨가 처져있습니다.

바람도 나트륨 등 아래에 묶여 벗어나기 위해 몸부림칩니다.

가을밤 아우성입니다.

상처

상처의 원인은 단순하다.

마음을 내려놓지 못하기 때문이다.

자신의 마음대로 할 수가 없어서 스스로 문턱에 걸려 넘어져서 생기는 것이
상처다.

상처의 치유 방법도 원인이 간단하니 쉽다.

마음을 내려놓으면 된다.

그런데 묘한 일이다.

해답을 알면서도 잘 되지가 않는다.

어쩔 땐 아예 할 수도 없다.

사람이란 자기 만에 집중하는 이기적인 존재다.

이타적 이라던지 자기 이외의 사람에 대한 배려를 잘 하는 사람 이라던지.

그런 이들도 기본적으로는 자기가 우선이다.

나 없는 세계란 무의미한 것이기 때문이다.

자질구레한 상처가 오늘도 생긴다.

어떤 생채기는 무시하고 넘어가지만 그렇지 못한 상처도 많다.

맘이 상하고 속이 상하고 신경이 쓰이고 부화가 일기도 한다.

상처란 놈은 재생능력이 강해서 한쪽으로 밀쳐놨는데도 살아나서 갑자기 기억의 한 복판으로 치고 들어와 가슴을 후벼 판다.

상처를 방치해 보기로 한다.

싸워서 이길 자신이 없는 상처에 대항하는 나만의 방법이다.

진물이 질질 흘러나와도, 가슴이 미어지도록 답답해도 멀거니 바라보며 내버려 둬야겠다.

곪아서 누런 고름이 터져 나올 때까지 걷어 차 놓기로 한다.

상처의 치유는 더 큰 상처가 해줄 것이다.

시월愛

시월은 유독 그리움에 찌들어 살게 된다.

찬바람이 불고 낙엽이 지기 시작하고 단풍이 들기 때문만은 아니다.

본격적인 가을의 중심으로 들어간다고 해서 그리운 것이 많아지는 것은 아니다.

시월은 저마다의 가슴에 찬바람이 들어차기 때문이다.

찬연한 가을 햇볕 아래서도 오들오들 몸을 떨 때가 있는 것은 가슴에 품은 찬바람 탓이다.

그래서 시월엔 따뜻한 사연들이 그리워지고 문득 서러움이 밀려와 눈물을 흘리기도 하는 것이다.

귀뚜라미 소리에 몽상적이 되어 밤 깊이 걸어 들어가기도 하고, 한숨도 자지 못하고 하얗게 밤을 새우고 서도 외로움에서 헤어나오지 못하기도 하는 것이다.

유독 시월은 막막하고 슬프다.

감상에 젖어 들지 않는 사람이 없어진다.

애절한 이야기를 들으면 다 내 이야기가 된다.

가슴 절절한 사랑 노래를 들으면 내 노래가 된다.

시월은 그래서 마음들이 순해진다.

밤바람에 바바리 깃을 세우고 우수에 젖어 들어 가는 사람들이 독해질 수 없는 까닭이다.

모든 허전한 사연들이 바람에 이리저리 쓸려 다니고 내가 가진 비슷한 사연도 아마 그 바람에 실어 보냈을 것이다.

시월엔 눈물 흘려도 창피해 할 필요가 없다.

시월엔 아무나 외로워 하는 사람이라면 등을 토닥여 주며 안아도 죄가 되지 않는다.

서로의 외로움이 만나서 살가운 위로가 되기 때문이다.

시월엔 누구나 사랑해도 좋다. 세상에 사랑하지 말아야 할 사람, 사랑해서는 안 되는 사람은 없다.

시월에는 그렇다.

그리움을 아는 사람, 외로움을 품은 사람이라면

누구나 사랑하고 싶은 것이다.

사랑을 찾고 싶은 것이다.

사랑에 빠지고 싶은 것이다.

시월엔 많이 아파할수록 제대로 사는 것이다.

시월에는...

가을앓이

투닥투닥 가을비가 옵니다.

포장도로를 살짝 적시는 빗방울을 맞으며 찬찬히 아침을 걸어 보았습니다.

한도 끝도 없을 것 같은 외로움이 비와 함께 섞여 내립니다.

오늘은 처절한 외로움과 대치해 보겠습니다. 알려지지 않은 포구로 가서 나에게 퍼부어진 질병 같은 외로움과 정면으로 맞서겠습니다.

이어폰을 끼고 해변을 걸으며 바람소리를 듣겠습니다.

아무도 알지 못하고 누구도 아는 얼굴이 없는 곳에서 한나절 부끄럼도 없이 속절없는 눈물 흘리겠습니다.

가장 낮게 수그릴 수 있을 한도까지 고개 떨구고 외로움에 용서를 구하겠습니다. 교만하게 살아왔던 시간들을 이해해 달라고, 다시는 나 아닌 다른 것을 위해 시간을 허비하지 않겠다고 가을 바다에게 나만의 다짐을 하겠습니다.

오늘은 원 없이 가을앓이를 하겠습니다. 해마다 시월이면 나를 찾아 드는 가을병에 푹 빠져들겠습니다. 거부해도 벗어나려 해도 이겨낼 수 없다면 헤어나려 하지 않고 그 속으로 빨려 들어가야겠습니다.

가을 속으로, 가을 바다로, 가을 비와 함께 있겠습니다.

회상

느릿하게 기억의 필름을 돌려본다. 따뜻해지기도 하지만 아쉽고 간절해지는 순간들이 더 많은 것처럼 느껴지는 것은 아직 내가 나에게 만족할 수 없다는 반증이리라.

회상은 자기성찰의 한 갈래가 될 수 있다. 무작정 되돌아본다고 반성을 한다는 것은 아니다. 돌이켜 생각하면서 잘 했던 일은 스스로 칭찬을 아끼지 말고 부족했거나 아쉬웠던 순간들은 다음을 더 철저히 기약하며 자기를 다듬어 가는 것이 회상이다.

오래 전 살았던 집. 지금은 어머니 혼자서 지키고 있는 집에 와서 우두커니 앉아서 그 시절의 나를 회상한다. 가슴 아련해진다.

정물이나 되는 듯이 움직이지도 못하고 벽에 기대앉아 있다 마지막 단말마와 함께 내 곁을 떠나간 아버지의 흔적이 눈에 그려진 것처럼 아직도 선하다.
어쩌면 내가 집 문을 열자마자 따라 들어와 옆에 함께 앉아 같은 곳을 보며 같은 회상을 하고 있을지도 모르겠다.

그리운 사람을 목놓아 그리워하듯 그 때가 시리게 다가온다. 사랑하는 사람은 아무리 긴 시간이 흘러도 살아있는 동안 잊을 수 없다. 잊혀질 수 없다.

가던 길 보다

뒤 돌아 볼 수 있을 시간이 있을 때 머리를 젖혀도 좋겠지.

앞만 바라봐야 하는 현실의 삶에 때로 염증이 날 수도 있고 격렬한 부담감에 피로도가 농축되기 일수이니.

가끔 여유라는 핑계로 뒤를 돌아보는 시간이 힐링이 되기도 하겠지.

왔던 길을 되짚어 본다.

가던 길을 멈춰서 오던 길을 회상해 본다.

그렇게 정신 없이 바쁘다고만 생각했던 길이 걸음을 멈추고 곰곰이 되새김 질 해보니 그다지 분주하지도 않았다는 생각이 든다.

다만, 정신 줄을 놓고 싶도록 내가 날 재촉했을 뿐이다.

돌아본다는 것은 자신을 돌본다는 것이지.

돌아보지 않는 사람, 돌아보지 못하는 사람은 자신에게도 죄를 범하는 삶 속에 빠져 있는 것이지.

자기 성찰이 없이 나아가는 앞은 미혹의 바다 깊숙이 빠져드는 것에 지나지 않을 것이니까.

잠시 쉬자. 멈춰보자.

지나쳐 왔던 풍경들 속에 소중하였을 것들이 있을 것이다.

차근차근 그 소중해야 했을 것들을 다시 챙겨보자.

풍경 속으로 나를 밀어 넣어 보자.

나를 위한 풍경이 아니라 풍경의 일부가 되어보자.

그대여, 가던 길 멈춰서서 왔던 길과 마주 서보자.

가을은 그래야 할 때다.

나를 사색해야 할 시간이다.

그대를 위한 그대가 해야 하는 사색은 가던 길 다시 되짚어 보는 것이다.

장태산 메타세쿼이아 숲을 걸으며

모든 헛나간 마음을 내려놓고 나무 아래에 선다.

버릴 줄 알아야 다시 채울 수 있는 공간을 가진다는 걸 알지만 버린다는 것이 어디 그리 쉬운가.

채우기만 원할 뿐 비운다는 것에 대한 실천이란 참 요원하다.

키 높은 나무의 푸름 밑에서 네 활개를 치며 드러눕고 싶다.

마침내 벌려놓은 활개를 통해 내가 품은 모든 핏기까지 나무에게 빨려 들어가거든 그 때 완벽하게 가벼워진 마음으로 나무 밑에서 기어 나오고 싶다.

신발을 끌며 느릿느릿 나무 사이를 걷는다.

손을 뻗어 나무의 줄기를 쓰다듬으며 나무가 지켜온 시간과 나무가 지고 온 고된 속내에 다가가려 해본다.

도저히 직선의 높이만큼 쌓아 올린 나무가 품은 삶의 여정을 짐작도 못해보겠다.

다만, 손끝으로 전해오는 두꺼운 껍질의 촉감만으로 투박하고 거친 나무의 살이를 동감할 뿐이다.

숲은 나에게 비움에 대한 이야기를 하는 것 같지만 실상은 공감할 줄 알아야 한다고 다독이는 것이다.

비우는 것은 공감을 하기 위한 준비 작업일 뿐이라고, 바람의 방향을 따라 걸으며 바람에게 무겁게 지고 온 욕된 마음들을 실어 보내라고 숲이 재촉한다.

푸른 공기를 위에서 세차게 내려 보내 녹음의 샤워를 시켜준다.

푸른 폭포수를 머리부터 발가락까지 뒤집어 쓰고서도 아직 버리지 못하고 버릴 수 없는 것이 남았음을 안다.

메타세쿼이아 닿을 수 없는 나무 꼭대기에 마음 걸어놓고 휘적휘적 산 길을 오른다.

가을이다.

모든 것을 용서할 수 있는 가을이다.

모든 것이 용서되는 가을이다.

메타세쿼이아 두꺼운 줄기에 기대서서 팔짱을 낀 채 긴 상념에 빠졌었다.

압박

적당한 압박은 활기를 일으키는 매개가 될 수 있지요.

그런데 그 적당한 이란 가늠자가 어디까지인지 알 수가 없어요.

그때 그때의 기분에 따라 달라지고.

받아들이는 환경에 따라 달라지고.

받아야 하는 사람에 따라 달라지고.

가늠자가 제멋대로 작용을 하거든요.

오늘 나는 말도 못하게 무서운 압박에 시달리며 살아가고 있지요.

날마다 전쟁을 치르듯 영업실적을 챙기고 실적 따라 웃다 울다 기분이 오르락 내리락.

그런 내 기분 따라 같이 일하는 직원들도 압박을 나로부터 받고 있지요.

지나치게 우울해지면 사무실을 나와 무작정 걷기도 합니다.

블랙커피 한 잔 앞에 놓고 멍하니 앉아 있기도 합니다.

내가 시달리고 있는 적당하지 못한 압박을 최대한 줄여 전달할 방법을 찾는 거지요.

적당한 가늠자의 눈금을 만들어내 직원들에게 내밀어야 한다는 고민도 따지고 보면 내가 나에게 주는 압박이 되고 맙니다.

그렇다고 압박이 없는 삶을 원하는 것은 아니랍니다.

압박이 없다는 것은 무료할 뿐만이 아니라 어떠한 성취감도 맛 볼 수 없다는 것이 되니까요.

외부로부터 혹은 내부로부터 가해지는 압박을 잘 거르고 구슬려서 나를 자가발전 시키는 계기로 만들기 위해 노력하는 것이 중요해요.

무서운 압박에 달달 볶이며 살고 있지만 운명처럼 받아들입니다.

삶이 치열하다는 반증일 테니까요.

오거라, 압박이여! 내가 널 받아주마. 등뒤에서 꽉 껴안아 주마.

이렇게 말이지요.

이유

평계 없는 무덤이 없다는 것은 따로 이유가 있어야 하거나 이유를 만들어야 한다고 볼 수 있지 않을까.

이유란 무의미 해지기 싫은 사람들의 몸부림이다.

이유도 없다면, 이유라도 찾지 못한다면 부질없는 인생이 되기 십상이다.

그러나 이유가 없는 것도 많다.

왜 좋은지 이유를 찾을 필요도 없이 정이 가는 친구.

특별하지 않아도 특별하게 받아들여지는 가족.

무작정 하고 싶고 해내고 싶은 일.

그대를 사랑하는데도 이유는 없다.

이유 없음에 이의가 없다.

그대도 그런 이유 없는 사랑이 있으리라.

그렇지 못하다면 삶의 불행에 아파해야 하리라.

이유를 찾고자 하는 것이 본능적일지라도 가끔 이유의 무덤에 갇혀 있는 나를 깨닫게 된다. 어쩌면 이유는 자신의 잘못을 포장하려는 변명일지도 모른다.

이유를 떠나 이유를 등지고 싶은 밤이다.

쓸쓸함에 대하여

그래 그럴 테지. 여름의 샛된 바램 같은 바람이 눅눅하게 지나갔어. 가을 바람이라고 별 것 없지. 그저 눅눅함이 없단 거 이상도 이하도 아니야.

기대한다고 기다림이 끝나는 게 아닌데. 다한다고 다 할 수 없다는 걸 아는데. 무엇을 고대한 거냐. 뭘 소원한 거냐.

한 순간에 다 무너지고 한마디에 다 쓰러질 뿐인데. 그래, 그랬을 거야.
맹세도 받들지 못하면 부질없어지듯 거짓말이 되는 거지.
아무리 아니라고 부정해도 헛된 메아리로 돌아오게 될 거야.

새벽 공기가 쌉쌀하게 피부에 닿네. 그렇게 쓸쓸하네. 다 그런 거였다고. 애초에 그렇다고.

안녕하여라. 품었던 미망도, 사랑해서 사랑했던 소망도, 평안하게 품었던 기대도. 정녕 나 만을 위해 나를 바쳤던 시간도. 나 아닌 나를 벗어났던 그 때도.
그래, 안녕해라.
내 쓸쓸함이 이렇다.

혼밥의 장점

먹고 싶은 만큼만 먹어도 된다.

아무 때나 먹고 싶을 때 먹을 수 있다.

밥알을 튕겨내도 눈치 볼 필요가 없다.

어떤 자세로 먹어도 된다.

먹고 싶은 반찬만 먹어도 된다.

먹는 시간에 구애 받지 않는다.

그러나 괜스레 머쓱하고 외롭기는 하다.

혼술의 장점

가장 편안한 혼잣말을 해도 눈치 볼 필요 없다.

마시다 말아도 눈치 볼 일 없다.

배려해야 할 대상이 없다.

신경 쓰며 머리 굴려 대답해 줄 이유 있는 어처구니가 필요 없다.

마시고 싶은 맘대로 마실 수 있다.

취향대로 종류를 바꿔도 주목 받지 않는다.

그래도 외롭긴 하다. 잘 취하지 않아 더 마시는 일이 잦아 진다.

그러다 무언의 상대를 만들고 지우고 머리가 복잡해 지기도 한다.

한 번의 생각 그리고 깊이

생각은 깊을수록 나아갈 수 있는 힘이 더 세집니다.

얕은 꼼수를 부리는 사람은 자기 수에 자기가 빠져 헤어나오지 못할 자가당착의 곤경에 처하기 마련이지요.

하나의 현상이나 일을 접했을 때 깊은 통찰을 하기 위해서는 생각의 파고가 높고 강해야 합니다.

피상적으로 드러난 현실만을 훑어보게 되면 실체를 바로 볼 수가 없지요.

생각이 진실되고 거침이 없어지고서야 비로소 일직선상에서 실행을 감행할 수 있을 겁니다.

그렇게 시도된 일은 실행의 성과를 불구하고 후회가 남지도 않을 테니까요.

모자란 사람은 자신의 생각 없음을 알지도 못하고 남들의 뒤에 서서 부화뇌동을 하게 되어 있지요.

못된 사람은 부화뇌동도 모자라 깊은 사고를 하는 사람들의 뒷등에 비수를 던져 자신의 불결한 시기심으로 함께 해야 하는 일 전체를 망쳐버리게도 합니다.

모자란 사람들이 절반, 게 중에 못되기까지 한 사람들이 그 중에 또 절반.

진중하게 자신의 깊이 있는 판단을 실천해가는 사람들이 그래도 절반.

모든 일과 현상에 대응하는 사람들의 구성비가 그렇게 보여집니다.

올곧은 길을 가는 사람들이 절반이나 될 거란 기대가 힘이 됩니다.

몇 마디의 기분 상하는 말을 전해 들었습니다.

좋은 생각을 많이 하면서 남들에게 휘둘리지 않으려 하며 살아가려 노력 중이지요.

그러나 엉뚱한 소리들을 듣게 되면 순간적으로 끓어오르는 울화에 울컥 화가 납니다.

더 조심하며 나에게 충만해져야겠습니다.

누군가의 단 한마디 〈그대의 생각을 존중합니다〉에 모든 울컥임이 사그라듭니다.

말 한마디의 힘을 새삼 간직합니다.

한 번의 생각 그리고 그 깊이가 삶을 통째로 건강하게 할 수 있음을 짚어봅니다.

제4부
그래도 따뜻한
추억이 깊어지는 겨울

풀잎에 앉은 서리처럼

이슬이 서리가 되는 이유는
풀잎을 사랑하기 때문입니다

추위에 파랗게 낯빛이 질린 잎사귀를
하얀 숨처럼
덮어주는 것입니다

햇빛에게 밀려 녹아 내릴 때까지
언 결정들을 촘촘히 껴안고서
죽음으로 풀잎을 사랑하는 것입니다

풀잎에 앉은 서리처럼
사랑하는 것은 즐거운 소멸입니다

사랑이라는 착오

사랑만큼 시행착오가 많이 일어나는 관계도 없을 것이다.

사랑이란 것도 결국 사람과 사람의 관계다.

관계의 지속은 타협과 양보가 배경처럼 받쳐주어야 한다.

그럼에도 불구하고

자기 자신을 더 사랑하고 있으면서 상대를 더 사랑한다고 착각하기 때문에.

자신에게 모든 것을 맞춰가면서 상대를 배려하고 있다고 혼동하기 때문에.

그 착오가 정당하다고 믿어 의심치 않는 한 사랑은 파탄이 난다.

시간의 기록

그을림 같은 묵 빛 시간에 있었던 적이 많았다. 분노에 찬 마음으로 허전해진 적이 많았다. 가끔은 헛된 웃음으로 나를 위로도 했다. 그리고 또 드물게 호탕하게 나를 웃어버린 적도 있었다.

울적해져 눈시울 붉히며 흙 길 위에 있었던 기억도 많았다. 어떤 이유에서인지는 떠오르지 않지만 활기에 차 뚜벅뚜벅 아스팔트 위를 걸었던 시간도 있었다. 콧등을 스치는 바람의 냄새에 킁킁거리며 애잔해 있기도 했었다. 그리고 심장이 아파서 컹컹 짐승처럼 속으로 울부짖기도 했었다.

앞에 있는 시간에도 그럴 것이다. 지나간 시간이 모든 경험을 다한 시간이라고 장담할 수 없다. 수없이 아파해야 하리라. 겁없이 대들어야 할 시간도 있으리라. 그러다 조금은 느슨해져 한껏 미소를 품기도 하리라.

손바닥 근육이 굳어 잔 통증을 전해온다. 나를 위해 비볐고 나 아닌 다른 이를 위해 부딪쳤던 흔적이 고스란히 감각으로 남았기 때문이다. 또 나를 위해, 누군가를 위해 굳은 살이 배기도록 비비고 마주쳐야 하리라. 살아있다는 아우성이기 때문이다.

후유증

독감을 앓고 난 후 2주째 후유증이 지속되고 있다.

잔기침과 미열 그리고 잦은 몸살기운.

약을 처방 받고 규칙적으로 먹어도 여전하다.

다 미리 예방하지 못한 처사다.

독감의 뒷마무리뿐만 아니라 오랫동안 이어온 관계의 끝에 남는 감정의 여운도 후유증이다. 사람과 사람의 관계든, 일과 일의 관계든 말끔하게 끝이 정리되기란 쉽지가 않다. 그런 연유로 모든 관계의 말미엔 후유증이 남게 되고 병증처럼 아쉽고 아리기도 한다.

내의를 벗었다.

추위를 이기려고 입었던 내의가 오히려 외부로부터의 저항력과 내 몸 스스로의 복원력에 손상을 가져온 듯 하다.

지나친 과보호가 남긴 후유증이다.

자연치유력에 맡겨본다.

잔기침도 미열도 몸살기도 몸이 스스로 이겨내도록.

감정의 여운도 맘이 스스로 벗어나도록.

풍경이나 될까요!

햇볕이 드는 건물 앞 공터에 쭈그리고 앉아서 눈길을 종종거리며 걸어가는 사람들을 봅니다. 어디를 저리 총총 가는 걸까요. 가는 곳도 알지 못하고 알 필요도 사실 없지요. 그냥 보고만 있자니 괜스레 보이는 사람들에게 미안해서 쓸데없는 생각을 하는 것입니다.

바람이 불지 않아 체감 온도가 곤두박질 치지는 않아서 멍 때리면서 앉아 있기에 괜찮은 날씨입니다. 아마도 시간이 더 가서 늦은 오후가 되면 이 짓도 못하고 어디든 들어가야 하겠지요. 그저 아무것도 하지 않고 싶은 시간을 아무것도 생각하지 않고 지나치게 하고 싶은 겁니다.

멍하니 있어도 지나가는 사람 누구도 신경을 쓰지 않습니다. 왜 저러고 있나 관심을 가지기에도 귀찮은 거겠지요. 그래서 더 편하게 퍼져있을 수 있어 좋습니다.

멍하니 나를 방치하는 것도 가끔 해 볼만 합니다. 바쁘게 돌아가는 세상에서 잠시 떨어져 나와 관망해보는 자가 되어 보는 것도 필요합니다. 다시 세상 속으로 들어가게 되어 있고 들어가면 섞이고 얽히겠지만 나를 비워내는 시간을 누려봄도 자기 삶의 일부니까요.

세상이란 그림에서 풍경이나 되어 있는 시간이 어쩌면 소중할 테니까요. 풍경이나 될까요! 모든 것을 받아들이고 품을 수 있는 풍경 말이지요.

이러고 사는 것이 맞는 거겠죠?

하얗게 눈이 내린 아침입니다.

햇빛도 찬란한 아침입니다.

그렇다고 이국적이라든가 낯설다는 느낌은 없습니다.

겨울이면 당연히 이런 풍경에 익숙해지며 살아왔으니까요.

당연한 듯 받아들이며 살아 가는 것.

일상이 가장 가치 있는 것이라고 믿고 살아 가는 것.

이러고 사는 것이 맞는 거겠죠?

때로 감당하지 못할 일이 한두 번은 오고 갈 테지요.

특별한 즐거움이 되는 일도 두어 번 왔다 가겠지요.

그러나 이런 일들은 그 자체로 놀라운 이벤트와도 같을 뿐.

그렇게 매일 사는 것은 견디기 힘든 고역일 겁니다.

이러고 사는 것이 맞아요.

사소해서 더 이상 사소한 것이 없어지지 않듯이.

눈 뜨고 눈 감고 잔잔히 숨을 들이 마시고 뱉고.

익숙하지 못한 지움의 경계에 서다

채우려는 각고의 집착에는 익숙해져 있지만 집착에서 벗어나 지우기 위한 비움과 버림의 관념에는 낯설다.

낯선 길은 날이 시퍼렇게 선 칼날 위에 있는 듯 불안하다.

익숙함과 낯섦의 경계에서 우물쭈물 방향을 잡지 못하고 엉거주춤 할 수 밖에 없다. 두려운 일이기 때문이다.

채우기 위해 별의별 짓을 다해왔던 시간을 송두리째 부정해야 하기 때문이다. 채웠던 것이 많건 적건 소멸시켜야 한다는 아까움이 여전히 탐욕의 찌꺼기로 남아있기 때문이다.

그러나 비워야 새로운 것으로 나를 대체시킬 수가 있다는 것을 알기에 경계에서 서성일 수 밖에 없다.

경계는 명확한 선이다. 모호 할 수는 없다.

넘느냐 넘지 못하느냐의 고통스런 선택을 채근하는 시간의 확연한 선이다.

익숙하지 못한 지움의 경계에서 쭈그려 앉는다. 무릎을 펴고 일어서면 나를 탈각시켜야 할 진격의 시간에 동의 한다는 것이다.

새벽 비

밤 세 창문을 두드리는 빗소리에 나른해졌더랬다오. 나른함을 떨어내지 못하고 맞은 새벽, 여전히 투닥이는 낮은 소리에 창을 열고 서툰 눈을 간신히 뜨고 도로 위에 떨어지는 빗방울을 보았지요.

방울들이 떨어져 파편처럼 흩어졌다 모여 물줄기를 이루며 낮은 곳을 향해 흘러가는 모습이 낮게 수그리고 사는 사람들과 같다는 생각을 해보았다오. 보다 높은 곳, 좋은 곳을 향해 몸은 돌아 서 있으나 기대는 기대로만 충족될 뿐 거슬러 가지는 못하고 흐름이 있는 곳으로 치우치며 사는 게지요.

어쩌면 그렇게 흐름을 타는 것이 순리라는 것을 몸은 스스로가 아는 게지요. 역행이 성사되는 것은 지극히 순리스럽지 못하다는 것을. 엄청난 인내와 격정의 에너지를 소모해야 한다는 것을. 거슬러 올라봐야 허무나 한 자락 잡을 뿐이라는 것을. 맘보다는 몸이 더 빨리 체득한 것이겠지요.

새벽 비 내리는 창 밖을 내려다 보며 세상에 떠도는 작은 수런거림 들에 귀 기울인다오. 낮게 산다고 무의미한 것이 되는 것은 아니라고 작은 파편처럼 흩어져도 낱낱이 다시 모일 수 있는 것이 사소하게 사는 것들의 마지막 무기라고. 팔을 뻗어 빗방울을 맞아보았지요. 축축하니 젖어 드는 빗물에 감응하며 눈을 감고 느껴봅니다. 흘러갈 수 있는 곳으로 흐르며 살밖에.

궁합

맞고 안 맞고가 대수롭지 않게 생각될 수도 있을 것이다.

때로는 그저 그런 푸념 혹은 불평으로 치부해버릴 수 있기도 할 것이다.

그러나 맞고 안 맞고의 문제는 삶의 근간을 흔들기도 하고 삶을 안정적으로 안착시킬 수도 있는 중요한 화두다.

의견의 충돌은 어디서든, 어떤 관계에서든 일어날 수 있다.

아니 일어나기 마련이다.

모든 문제에서 합의 혹은 같은 지점에서의 합치란 있을 수 없는 일이다.

살아간다는 것은 서로 충돌되는 개인들의 견해가 멀어지다가 모이고 같은 물결을 타고 혹은 전혀 다른 길을 향해 간다는 것의 함축이다.

사람과 사람 사이의 궁합이 그래서 중요하다.

궁합이 맞는 사람들의 모임, 관계는 지향점을 공유하고 나란히 한 방향을 향해 전력 질주 할 수가 있다.

반대의 경우는 매사가 힘에 겨워진다.

부딪치고 경합하고 언성이 높아지고 등을 돌리게 된다.

설사 표현을 할 수 없는 상하관계, 주종의 관계일지라도 시한폭탄이 언제라도 관계를 초토화 시킬 수 있는 불완전한 상태가 지속된다.

맞지 않는 한 쪽이 손을 들어버리면 더 이상 관계는 의미가 없어져버리는 것이다.

가장 빠른 표출은 포기다.

한 쪽이 이어졌던 관계의 끈을 방치하거나 끊어버리는 것이다.

궁합은 남녀의 사랑을 결혼이라는 틀 속으로 끌어가기 위해 맞춰보는 형식적인 것이라고만 볼 수 없다.

남녀든 남남(男男)이든 여여(女女)든 궁합은 사회적 틀 안에서 서로를 도드라지게 해줄 수 있는 절대적 척도가 될 수 있는 것이다.

맞는다, 안 맞는다.

맞출 수 있다, 맞출 수 없다.

맞추고 싶다, 맞추기 싫다.

일도 삶도 사랑도 다 궁합이 맞아야 손뼉을 마주칠 수 있다.

설 인사 생략

매년 하던 인사를 생략한다.

그 동안 알고 지내왔던 사람들에게, 고마웠던 사람들에게 설이 되면 감사의 문자메시지도 보내고 간단한 이메일로 안부도 전하고 작은 마음을 담아 선물을 보내기도 했다.

하지만 그 모든 인사를 이번엔 생략한다.

문자나 메일로 하는 인사야 평소에도 꾸준히 했으므로 특정한 날이라고 의미를 두고 의무감에서 할 필요가 있겠나 생각이 든다.

작은 선물은 글쎄, 마음의 여유뿐만이 아니라 경제적 여유도 고갈되어 버렸기 때문이기도 하다.

지나치게 각박하지 않느냐고 질책하면 할말은 없다.

굳이 주고 받고 챙기는 일 자체가 성가시기 때문이다.

세상이 투명한 질서를 요구하고 작은 성의마저도 부정당한 것으로 몰아 가고 있다.

정이라는 명목 하에 비리와 청탁과 대가가 오가던 시절이 오래 지속되었으니 그러한 부조리들을 원천적으로 봉쇄한다고는 하나 뒤통수가 특별한 잘못도 없이 캥기고 괜스레 주목을 당하는 것이 싫은 것이다.

사과 한 박스의 따뜻한 정도 경우에 따라서는 부정한 대가성으로 엮을 수 있다고 한다.

어떤 잣대를 대느냐에 따라서 관계의 칼날이 바뀔 수 있다는 이야기다.

세상이 각박해져 가는 것인지, 깨끗하게 정화되어 가는 것인지에 대하여는 저마다의 판단이 중요할 것이다.

공연한 분란이나 소용돌이의 근처에도 가기 싫고 구경도 하기 싫다면 미풍양속이란 아름다운 나눔도 멀리해야 하는 세상이 되어버렸다.

그래도 명절이면 어떤 인사를 할까. 어떤 선물을 골라야 하나 골치 아픈 고민을 할 필요가 없어져 머리만은 개운해서 좋다.

생강차

아침밥을 거의 먹지 못하고 생활하는 처지인지라 빈속에 매일 마셨던 모닝 커피를 이 참에 끊어 보기로 한다.

속이 쓰리고 더부룩한 현상이 오래 지속 돼 어쩔 수 없는 선택이다.

커피를 좋아해 아침이면 매번 마시던 커피를 오늘 아침부터 바로 중단하려니 눈 앞에 뜨거운 아메리카노가 아른거리고 콧속으로 커피향이 느껴지는 것 같다.

이도 담배처럼 금단현상일 테다.

대신 생강차를 진하게 타서 마신다.

알싸한 맛이 혀를 자극해준다.

어제 마셨던 술기운이 조금은 주춤하는 것처럼 느껴진다.

이제 건강을 생각하며 조심조심 살아야 할 나이다.

내 몸이 오롯이 내 몸이 아닌 나이다.

짊어져야 할 삶의 무게가 나만을 위한 것이 아니기 때문이다.

책임져야 할 사람들이 있고 해야 할 일들이 있다.

몸을 조심이 다뤄줘야 할 듯 하다.

모닝커피를 중단했을 뿐인데 삶의 무게까지 이르게 되다니……

비약은 비약을 낳게 되는 것인가 보다.

하지만 어쩌랴, 하나를 하거나 말면 자연히 다른 연관되는 것이 따라오게 되는 게 살아감의 법칙인 것을.

점심을 먹고는 곧바로 진한 아메리카노 한 잔 얼른 마셔야겠다.

하지 말아야지 혹은 하면 안 된다는 제약이 생기면 사소한 것도 지나치게 간절해 진다.

유달리 점심시간이 그래서 기다려지는 아침이다.

흐르는 대로

마음에 깃든 불안은 쉽사리 나가지 않아요. 좀을 먹듯 찔끔찔끔 가장자리를 파고들어와요. 사람은 그 작은 흠집에도 신경이 쓰여 정작 집중해야 될 상황에서 마음이 분산되기 일수예요.

차라리 큰 걱정거리라면 온 마음을 집중해서 대치하고 이겨내려 할 테지만 이까짓 거쯤이야 하는 소소한 근심거리에 마음 한쪽 기울여주다 보면 이도 저도 아니게 마음이 분산되는 것이지요. 작은 것이 큰 것의 발목을 붙들고 늘어지는 꼴이지요.

사람의 마음은 하나일 수가 없어요. 일편단심은 희망사항이요 그리고 싶다는 의지의 표현일거예요. 살다 보면 이 일 저 일에 얽혀 들고 서로 다른 상황과 충돌되는 대상들과 직면하게 돼요. 그 때마다 마음이란 쪼개져서 여러 가지 형태로 표현될 수밖에 없지요. 기쁨. 분노. 슬픔. 즐거움. 희로애락이라고 쉽게 구분해 놓았지만 네 가지 마음 이외의 오묘한 상태가 엎치락뒤치락 하기도 하지요.

마음은 감정이라고도 할 수 있어요. 마음과 감정이 서로 달리 분출되지는 못해요. 마음을 억제하거나 조절하려다 보면 상심이 커져 병이 되기도 해요. 그냥 흐르는 대로 놔두면 제 길을 스스로 찾아 내 상처도 치유하고 흠집도 메워낼 거라 믿어요. 흐르는 대로 마음을 놓아주어야겠어요.

벽과 문

사람이 만들어 놓은 여러 가지의 벽이 있다. 시멘트를 거푸집에 부어 단단히 굳혀버린 콘크리트 벽. 벽돌을 쌓아 올린 벽. 켜켜이 돌을 쌓아 올려 만든 돌 벽.

벽을 만들어 놓고 그 벽 안으로 들어가 자신을 숨기기도 하고 세상과 자연의 위협으로부터 자신을 보호하기도 한다. 벽은 공간을 나누는 것이기도 하고 자기와 외부를 차단하기도 한다. 또한 내 것과 네 것을 구분 짓기도 한다.

사람이 자연의 도전으로부터 생존해 내기 위해서 자연적으로 쳐지게 된 벽이 문명의 척도가 되어버렸다. 벽은 점점 높아지고 화려해지고 견고해졌다. 허름한 벽을 친 사람들은 단단하고 두꺼운 벽을 친 사람들로부터 없으이 여겨지고 소외 당한다. 벽이 새로운 계급이 되어버린 것이다.

그러나 그나마 사람이 사람과 함께 살려는 피치 못할 노력? 혹은 가끔 일깨워야만 하는 개방을 위해서 만들어 놓은 계급의 파격체가 문이다. 문은 소통이라는 공동체를 이루기 위한 유일한 통로로 자리를 잡고 있는 것이다.

문고리를 잡고 열어 젖히고 싶은 문. 나는 항상 누군가에게로 문을 열고 다가가고 싶다.

피로누적

피로가 몰려오면 그때 그때 풀어야 하는데 막상 피곤하면 오히려 스트레스가 쌓여 그 피로를 핑계로 어줍잖게 풀겠다고 술을 마시기도 하고 운동을 하기도 한다.

따지고 보면 피로를 한층 더 누적시켜 자기 몸을 망치는 짓인데도 어쩌면 그러한 행동들이 습관처럼 되어버렸다.

나이가 들어갈수록 한 번 몸을 파고들어온 피로가 쉽게 빠져나가지 않고 누적이 된다. 몸의 피로만이 아니다.

맘을 무겁게 하던 일들이 풀리지 않고 걱정을 만들어 내고 온 신경을 쏠리게 한다. 마음 피로누적이다.

요사이 일도 그렇고 몸도 그렇고 마음도 그렇고 참 부대끼며 살고 있다.

그렇다라는 말에는 마음에 들지 않는다라는 뜻이 은연 중에 묻어 있다고 봐야 한다.

어디 지금만 그랬겠는가 만은 부쩍 몸이 아프다고 신호를 보내고 이브자리에 누워있는 시간이 길어졌다.

숙면을 취하면 누워 있는 시간이 보약과도 같겠지만 찌뿌둥한 몸이 그저 이불을 박차고 일어나기를 거부하고 밍기적 거리고 있는 것일 뿐이어서 누워있는 시간에 비례해 효과적인 쉼이 이뤄지지 않는다.

  이렇게 몸은 자신이 아프면 곧바로 반응을 해준다.

  어서 쉬어주라고, 얼른 응급처방이라도 내리라고.

  애써 무시하고 자신의 몸을 과시하다 악화시켜버리는 것은 못된 자기자만
의 습관에서 비롯된다.

  해야 할 일도 좋고, 하고 싶은 일도 좋다.

  하지만 피곤하면 쉬어가자.

  앓아 누워버리게 되면 그 좋던 일도 아무 소용이 없지 않겠는가.

화해

의견의 충돌, 마음의 충돌 이후에 합의가 이뤄지고 서로의 마음을 다지게 되면 기어이 화해의 자리가 만들어져요. 마음의 상처가 곪고 생채기가 나고 그 위에 딱지가 앉는 것과도 같지요. 화해는 가장 달콤한 살아가는 즐거움이지요.

맘 졸인 시간이 길수록, 마음 아픔의 정도가 클수록 화해는 더 견고한 관계를 만들어 주지요. 사는 동안 의견이 맞지 않은 충돌들이 다반사로 발생하게 되지만 그렇다고 모든 충돌들이 대립으로 이어지는 것은 아닙니다.
어떤 충돌은 그 즉시 서로의 다름을 인정하고 쿨하게 마음을 접기도 하고 오히려 서로에 대한 신뢰가 깊어질 수도 있지요.

그러나 충돌이 과해서 서로의 다름을 인정하지 않고 자기에게로 상대방을 끌어들이려는 무리한 시도가 지속되면 결국 싸움으로 발전하게 되고 그 싸움은 격렬해져 서로 등을 돌리고 말지요.
다시는 보지 않을 듯이, 원수처럼 등을 돌리게 되지만 그 상태를 지속하고자 하는 사람은 없지요. 다시 원상태로 돌아가고자 하는 의지들이 결국 다시 합쳐져 화해가 이뤄져요.

화해는 마음을 열어야만 이뤄지고 다쳤던 마음을 치유해줘요. 화해주는 세상에서 가장 달달한 술이지요. 다툼이 있었다면 서로 눈 마주치고 먼저 손을 내밀어보자 구요. 세상이 환해질 테니까요.

눈 편지

　사각사각 눈이 오네요. 며칠째 강렬하던 최강한파가 물러갔다고 소곤거리면서 이제 둘러 싸맸던 옷깃을 조금은 헐겁게 해도 된다고 부추기면서 소담하게 눈이 오네요.

　몸 고생, 맘 고생 모두 힘이 들었다지요. 아침 커피 한 잔 하면서 오늘은 헐렁하게 시작해도 될 것 같아요. 맘 내려놓고, 몸 가볍게 풀어놓고 차분하고 가뿐하게 오늘은 눈을 볼 수가 있어서 좋네요.

　얼어붙어 넘어지지 않을까.
　쌓여서 오고 가는 사람들 오도가도 못하게 하지 않을까.
　그런 근심을 부려놓고 작은 미소로 눈을 맞아요. 참 편안하기도 하네요.

　그대여, 그대가 있는 곳에서 꼭 안녕해요. 함께 갈 수 있는 사람들을 마주 바라보며 곁에 있는 사람에게 어깨를 빌려주며 사랑하는 만큼 크게 두 팔을 벌려 품을 내어주며 그렇게 안녕하면서 살아요.

　오늘 아침 오는 눈은 참 따뜻하네요. 커피향 피어올라 오는 책상에 앉아 눈 오는 창 밖으로 그대에게 눈 편지를 보내요.

기억은 죽지 않는다

기억이란 쉽게 대할 대상이 아니다. 어떤 기억은 있었는지 조차도 헛갈릴 정도로 있는 듯 없어지기도 한다. 어떤 기억은 아무리 망각하려고 해도 끈질긴 생명력을 보유하고 새록새록 되살아난다.

적당히 즐거웠거나 적당히 슬펐거나 적당히 기분 상했던 기억은 적당한 순간에 사라진다. 그러나 희열에 들뜨게 만들었던 기쁜 기억이거나 뼈에 아로새겨질 만큼 아픈 기억이거나 주체할 수 없는 절망감을 안겨준 기억들은 적당히 머물다 가주지를 않는다.

인간의 뇌는 저장해 놓을 공간이 부족하거나 시간이 지나면 저장했던 기억들을 지워가게 되어 있다. 하지만 유독 깊게 새겨진 기억들은 평생을 같이 하게 된다. 이러한 기억들은 스스로가 생명을 가진 듯 하다. 의도적으로 잊으려 해도 잊으려는 의도마저 각인시켜 더 깊이 뇌 속 가장 중심에 자리를 잡아버린다.

기억은 죽지 않는다. 다만, 잠재된 무인식의 공간에서 가수면 상태로 존재할 뿐이다. 잊는다는 것, 잊었다는 것은 지극히 주관적인 자기 희망의 산물인 것이다. 인위적으로 잊을 수 있는 기억은 없다.

다른 기억의 기억 뒤로 숨겨놓을 수 있을 뿐이다. 따라서 부질없이 기억을 죽이기 위해 고된 정신노동을 할 필요는 없다. 시간이 기억으로부터 억제를 해방시켜줄 뿐임을 믿어야 한다.

전화 안부

허전하다. 숨이 턱턱 걸린다. 만지작대던 전화기에서 그 동안 소원했던 이들의 이름을 보며 한 명 한 명 보고 싶어서 통화 버튼을 누른다. 따라놓은 깡 소주가 미지근해 진다. 들려오는 목소리에 안부를 전하며 울컥 눈물이 난다.

잘 계셨죠. 저는 잘 살고 있어요.
연말인데 못 찾아봐서 미안합니다.
새해 건강하시고 밥 한 번 하시게요.

그래, 그래. 넌 별일 없는 거지.
시절이 두엄자리 같은데 자리 잘 지켜라.
버티는 게 이기는 거더라.
어디에 있건 어디를 가건 시간 내서 밥 먹자.

전화 안부 밖에 못해서 미안한 사람들. 송구한 어른들.
젖어 드는 목소리를 들려줘서 죄송하고 마음 아픕니다.

즐거울 때, 행복할 때는 선뜻 통화 버튼을 누르지 못했는데도 기꺼워해주는 사람들이 있어 아직 내가 사람다울 수 있는 거지.
내가 아는 모든 사람다운 사람들. 내가 몰라도 사람 같은 사람들.
모두 사랑합니다.

머리를 자르며

내 몸을 잘라내는데도 아프지 않다.
싹둑싹둑 내 몸의 일부가 잘도 잘려나간다.
눈을 감고 감각을 집중해도 가위 소리만 들린다.
어디가 잘려나가는지, 어떻게 잘려나가는지 알 수가 없다.

그랬으면 좋겠다. 아무리 잘라내도 아프지 않고 언제 어떻게 어디가 잘렸는
지도 몰랐으면 좋겠다. 신경세포가 없는 곳이 내 몸의 몇 군데나 될 것인가.
손톱, 발톱, 불필요할 것 같지만 자잘한 역할을 하리라 짐작만 되는 털들.
이 이상은 없다. 어디가 잘려나가도 아프다.

마음이란 놈에도 신경세포가 있는 것일까.
가장 자주 상처받고 가장 빨리 통증을 호소하는 것이 마음이다. 머리를 자르
며 무감각하게 마음도 잘라낼 수 있다면 어떨까 문득 생각을 떠올린다. 수북이
잘려나간 머리카락이 바닥으로 떨어져 지저분하게 최후를 맞이하고 있다. 몸
을 이탈하면 저리 허망하게 사라지게 되는 것이다.

머리를 자르며 묵상을 한다. 아프지 마라.
아파하지 마라. 통증의 자각은 나로부터 시작된다.

너에게 쓰는 편지

그래, 한나절 꿈을 꾼 것처럼 잘 살아냈지. 흔들리며 살아가는 것이 다 비슷한 몫인 거지.

특별해서 베일에 가려진 삶을 사는 사람들이야 세상을 자신들의 차지라고 착각할지 모르지만

여전히 뒤틀려도 다시 돌아오고 가라앉아도 바닥을 딛고 올라오는 보통스러워서 가릴 것도 없는 대부분의 개인들이 주인이라는 것은 토를 달 수 없는 진실이지.

오늘이 가도 여전히 흔들리며 살아야 할거야.

숙명 같은 것 아닐까. 눈을 감고 흘러왔던 시간을 차분히 정리할 시간이 필요하거든 지금 하시게나. 후회할 것이 있거든 맘껏 후회해도 괜찮을 일이야.

슬퍼서 눈물이 날 일이 있거든 실컷 울어도 될 거야. 못 견디도록 보고 싶은 사람이 있거든 지금 달려가서 힘껏 두 팔로 안아주도록 해.

지금 하지 못하면 영영 할 수 없는 것으로 남아 뼈에 사무치게 될 일이 아닌가. 하지 못할 일을 못 했다는 자책은 하지 말자고.

아무리 버둥거려도 될 수 없는 일들이 있다는 것을 인정하면 될 일이야. 긴 하루 같던 한 해 잘 살아낸 것에 낮은 박수를 치도록 하지.

오늘은 그렇게 하면서 다른 꿈을 꾸어 보세나.

나에게 쓰는 편지

겨울 하늘은 흐리다. 언제라도 눈비를 뿌릴 준비를 하고 있는 것이다.

겨울은 주는 것보다 빼앗아가는 것이 많아 눈비라도 자주 주고 싶은 것이다.

푸른 생명의 기운을 앗아가고 생명들에게 오랜 휴면을 강제하고 체열을 가져가고 배고프고 마음이 가난한 사람들의 한줌 여유마저 얼려버린다.

하지만 모진 것이 살아가는 것이라서 푸르렀던 생명들은 죽을 힘을 다해 얼지 않으려고 몸 속의 수분을 밀어내고 마음 거덜난 사람들은 발악하듯 얇은 옷들을 껴입는다.

겨울은 시련을 주는 것이 아니라 느슨한 삶을 단련시키려 하는 것이다.

겨울은 고통을 주는 것이 아니라 나태한 허물어짐을 경계시키는 것이다.

겨울이 겨울답게 춥고 흐리고 매서워야 하는 이유다.

원망하는 생각을 품지 말자.

원망은 내 안의 울분을 남의 탓으로 돌리려는 못난 분출일 뿐이다.

누군가를, 무엇인가를 힐책하기 전에 내 속의 진동을 느껴보아야 한다.

작은 진동에도 스스로의 책임에서 벗어나기 위해 증폭시켜 밖으로 내보내려 하고 있지 않는가.

어떤 진동은 미세해서 일어났는지 가늠하기도 힘든데 그 미미한 파장의 끝을 잡아내 트집을 만들고 있지는 않는가.

내 안에 일어난 모든 진동은 내가 원인이라는 근본적인 원리마저 부정하려 하는 것은 아닌가.

겨울을 핑계로 나에게로 온 불운으로부터 도망치려 하지 말자.

살아감에 엑센트를 주려고 나를 찾아 온 것일 뿐이니 품을 벌려 안아 들고 어르고 달래서 행운으로 바꿔보자.

눈비가 오려는지 하늘은 흐리다.

겨울은 흐리다. 그냥 흐릴 뿐이다.

그대에게 쓰는 편지

날이 어두워져 가고 하늘이 내려온다.

하늘도 조금은 쉬었다가 다시 올라가고 싶은 것이다.

밤이 가장 길다는 동짓날 어둠이 차츰 자리를 찾아 들어 온다.

안개를 먼저 퍼뜨리고 안개 속으로 손을 잡은 사람들이 어깨를 기대도록 재촉하며 그렇게 밤은 온다.

외로운 사람들 외롭지 말라고, 걱정 많은 사람들 근심 누그러지라고, 밤은 천천히 오는 것이다.

어둠 속에서는 누구도 특별할 필요가 없을 거라고, 혼자서 생의 무게를 짊어질 필요가 없을 거라고 속삭인다.

그대여, 그대의 등을 다독이고 있는 어둠에 기대볼 일이다.

아파하지 말고 쓸쓸해 하지 말고 밤에게 속내를 털어놓을 일이다.

커피가 좋은 날씨 중독

커피 한 잔 뽑아 놓고 멍하게 앉아 있다.

곧 뭐라도 토해낼 듯 하던 하늘이 한 순간 환해졌다가 적응이 될만하면 다시 잿빛으로 변한다.

오락가락 지 맘대로라는 것을 시위하는 것 같다.

커피 향이 코를 돌아 들어와 뇌 깊숙하게 스며든다.

인이 박혀버려 하루 두어 잔은 마셔야 살아있는 느낌이다.

중독이라고 다 나쁜 것은 아니다.

커피 중독은 왠지 사색적이다.

사랑 중독은 낭만적이다.

그런데 오늘은 날씨에 중독이 된다.

흐린 하늘이 고즈넉하게 나를 돌아보라 한다.

집요하게 붙들고 있었던 좋지 못한 기억들을 왜 놓지 않고 있는 것인지.

매일 고민하게 만드는 일상화 된 밥벌이의 일들에서는 왜 도망치려고만 하는 것인지.

놓을 것과 붙들어야 할 것의 구분이 명확하지 못함에 대해 깊이 반성하라고 한다.

커피를 한 모금 입안에 머금는다.

쌉싸름한 맛이 혀를 자극한다.

단맛보다 쓴맛에 중독되면 더 견고하게 집착이 되어버리는 것인가 보다.

커피잔을 부여잡고 보약사발이라도 되는 양 놓을 수가 없다.

커피 향이 대기 중으로 퍼지다 하늘로 사라진다.

잠시 났던 해가 커피 향에 가려졌는지 금세 하늘이 연한 먹빛, 커피 색처럼 변한다.

하늘의 변화에 맞춰 내 기분도 갈팡질팡, 오다가다 장단을 맞춘다.

마음을 무겁게 내리누르며 질기게 붙어있는 좋지 못한 기억들을 흐린 하늘에 걸어두고 웃을 일이 있어도 남의 눈치를 보며 애써 참아야 했던 웃음을 실실 흘려야겠다.

나를 위해서 웃어줄 수 있는 시간을 가져야겠다.

실컷 나를 사랑하게 만들어주는 날씨에 중독되고 싶은 날이다.

비의 노래를 들어라

창을 가리고 있는 블라인드를 걷어본다.

갑갑하던 사무실이 세상을 향해 나간 듯 훤하게 밝아진다.

밀폐된 공간일지라도 창을 가려두는 것과 밖과 소통을 할 수 있도록 틔워놓은 것의 차이는 지대하다.

자신과 환경을 가두기만 하는 자폐의 공간은 잘못 된 고독을 가져오고 그 고독이 사람을 좀 먹는다.

열어놓아야 한다.

공간을 점령할 필요는 없다.

공간에 녹아 들어 가야 한다.

창을 살짝 열어본다.

노래 소리가 들린다.

블라인드를 걷을 때까지만 해도 어슴프리 비가 내리고 있다는 것만 알았다.

비가 노래를 부르고 있다고는 생각도 하지 못했다.

타닥, 토닥, 툭툭 비의 낙하는 즐거운 타악기의 합주다.

헤비메탈은 아니지만 잔잔한 샹송같이 공간을 채워간다.

눈을 감고 창 밖으로 손을 내밀어 본다.

손바닥을 뎅뎅 울리며 비가 묵직한 징 소리처럼 영혼을 울린다.

비의 장단에 맞춰 온 몸의 세포들이 꿈틀거리며 반응을 한다.

그대, 비가 오고 있다는 것을 아직도 모르고 있는가.

창을 가린 모든 장애물을 걷어 올려라.

그리고 창문을 열어놓고 비가 선사하는 가장 자유스런 연주를 들어라.

자신이 무대를 가득 메울 수 있도록 가창자가 되어 비의 노래를 함께 불러보
라.

노래가 내 모든 고역스런 긴장감을 풀어주지 않겠는가.

비의 연주와 독창에 깊이 빠져들다 보면 걸어두었던 빗장이 열리고 꼭꼭 닫
아 두었던 마음의 빗장문이 열리게 되지 않겠는가.

그대 오늘은 나의 손을 잡고 비의 노래를 함께 읊조리러 창문 밖으로 나가
자.

멈춤과 움직임

이 세상에 존재하는 모든 것은 멈춰 있는 것이 없다.
심지어 멈춰 있다고 믿는 것마저도 쉴 세 없이 움직인다.

멈춤은 죽음이라는 등식을 만들어 본다. 굳건히 서 있는 콘크리트 건물도 시간을 따라 움직인다. 미세하지만 시간을 먹으면서 균열이 일어나고 풍화작용을 하며 생을 움직여 간다. 세상에 영원한 것은 없다. 거대한 바위도 오랜 시간이 흐르면 한낱 모래알갱이가 될 것이다. 모래 알갱이는 저희들끼리 뭉쳐서 언젠가는 단단히 굳어 다시 바위가 될 것이다.

사람의 몸도 쉼 없이 움직인다. 가만히 앉아 있어도 잠을 자는 시간에도 세포들이 서로의 삼투압으로 온 몸을 연결시키며 순환을 한다.
생명을 지키기 위한 지속성이다. 마음도 시시각각 움직인다. 확고하게 멈춰 있다고 믿어도 심리상태에 따라서 주어진 환경의 변화에 따라서 움직여 간다.

움직인다는 것은 가고 오는 것이다. 오는 것이 있으면 가는 것이 있고 얻는 것이 있으면 잃는 것이 있기 마련이다. 보내야 할 것을 잘 보내야 하는 시간이다. 미련을 두고, 놓아야 할 시점을 놓치면 오는 것을 잘 받아들일 수 없다. 우리는 살기 위해서 숙명처럼 오고 가는 것과 대면해야 한다.

새옹지마(塞翁之馬)

사람의 일이란 알 수가 없다. 미래를 안다면 오늘을 이렇게 살지 않을 것이
다. 역설적이게도 미래의 일을 알 수가 없으므로 오늘을 이렇게도, 저렇게도
자신의 선택을 믿으며 최선을 다해 살아가는 것이다.

화가 될 것인지, 복이 될 것인지 판단은 유보해놓고서 현재에 충실하며 살아
가야 하는 것이 사람으로서 할 수 있는 가장 안전한 길이다.

어제 부러움의 대상이었던 사람이 오늘은 그렇지 못한 경우를 보게 된다.

순식간에 처한 상황이 달라지는 것이다.

그러나 모든 것에는 불편한 징조들이 있고 그 징조들을 방치한 결과일 것이
다.

부러움의 대상일 때 몸을 낮추고 주변을 잘 정리해놓을 필요가 있다.

자신을 지키는 것은 예지력이 있을 수 없는 사람에겐 늘 조심하며 현재에 흠
을 만들지 않도록 노력해야 하는 이유다.

그러나 말처럼 그리 쉬운 일이 아니다.

있고 없음의 변증이 어느 날 없음과 있음의 변증으로 바뀔 수 있듯이 상황이
란 내 의지와는 무관하게 전개될 수 있기 때문이다.

인생사 새옹지마라고 개탄하면 패배주의나 운명론자로 치부되는 것이 다반

사인 오늘날의 사회생활을 하면서 무의미한 삶을 살지 않기 위해서, 무능력한 사람으로 비춰지지 않기 위해서 간혹 무리한 일을 하면서 살아가기 일쑤다.

자신이 스스로에게 어긋나지 않도록 다잡으면서 하루하루를 살아가야 할 일이다.

무작정 길을 가는 것 보다는 하나 하나 두드려 보고 소리를 들어 보고 발걸음을 옮길 일이다.

화든 복이든 자신이 선택해 간 길이라면 수긍하며 받아들일 수 있도록.

만기

전화가 울린다. 월세를 살고 있는 건물 관리인이다.

월세가 밀린 것도 아니고 관리비를 깜박하고 내지 않는 것도 아니다.

그렇다고 쓰레기 투기를 잘못한 적도 없는데 왜 전화를 했을까.

전화를 받는다.

"관리인 인데요. 계약 만기가 다 돼서 계약을 연장하실 것인지, 방을 뺄 것인지 결정을 해줘야 되는데요."

벌써 계약기간 만료일이 다가온 것이다.

"글쎄요. 지금으로선 이렇다 저렇다 말씀 드리기가 곤란합니다."

현 직장 부서에 와 근무한지가 3년이 다 되어가는 시기인데다 곧 인사이동이 있을 예정이어서 선 듯 계약을 연장하자고 할 수가 없다.

종이 한 장에 이름 한 줄 올라가면 전국 어디든 보따리를 싸고 3일이내에 부임을 해야 한다.

그렇다고 아직 확정된 것도 아닌데 방을 빼겠다는 통보도 할 수가 없다.

인근에서 지금 거주하는 원룸보다 동일 가격대비 편리하고 넓은 방이 없기 때문이다.

"아직 시간이 조금 있으니 만기 1주일 전까지는 가부를 꼭 말씀해주셔야 돼요."

관리인은 쐬기를 박듯 기한을 정한다. 그럴 수밖에 없을 것이다.

하루라도 방을 놀릴 수 없기 때문이다.

건물주에겐 방을 비워놓는 시간이 곧 손실을 의미하는 것이니 입주자의 편의라는 것을 봐 줄 수가 없을 것이다.

게다가 얼굴 한 번 보지 못한 건물주가 나를 특별히 배려해줄 이유도 없다.

"가능한 빨리 연장 여부를 알려드리겠습니다."

지금으로서 할 수 있는 최선의 말을 하고는 전화를 끊는다.

서둘러 책상 서랍 깊이 두었던 임대차계약서를 꺼내 계약기간을 확인해 본다. 기간 만료가 다가온다.

시간을 기다리며 결과를 보는 것 이외에 내가 할 수 있는 일이 딱히 없다.

임대차기간 만기, 연장여부를 결정해야 할 만기, 현 부서 근무기간 만기.

공교롭게 시간이 물린 것이지만 선택을 자유로이 할 수 없는 현실마저 만기다.

송년회

한 해를 마무리 해야 할 12월입니다

여기 저기서 아쉬움을 달래려는 모임들이 시작되고 있습니다.

12월은 그런 모임들을 좇아다니다 아무 의미 없이 보내버리는 달이 되기도 합니다.

모든 모임이 다 의미가 있을 수는 없습니다.

송년회라고 다 자신에게 뜨거운 의미가 주어지는 것은 아닙니다.

절실히 아쉬움을 달래려는 모임이 있는가 하면 그저 의무적으로 모여서 미친 듯 술잔을 돌리다 떠벌리듯 자기자랑, 과시, 잡담이나 펼쳐놓고 마는 모임도 있습니다.

모임은 자발적이어야 하지만 우리가 사는 세상은 강제력이 동원될 때가 더 많습니다.

정다운 사람들끼리 서로가 서로를 배려해주며 지난 한 해를 돌아보며 안타까운 순간들을 회고하고 즐거웠던 기억들을 배로 늘리며 새롭게 시작될 내년에 대한 기대와 계획을 나누는 자리가 송년회입니다.

그런데 그런 자리는 참 드문 게 현실입니다.

반드시 참석해야 한다라는 강제력은 암묵적으로 등을 떠밀고 모임에 불참

하면 돌아올 불이익에 오싹해져서 어쩔 수 없이 자리를 함께한 사람들은 서로가 어색해져 속에 담은 말들은 꺼내놓지 않고 헛도는 말들을 쉼 없이 뱉어냅니다.

그러다 낯을 붉히는 사고들이 종종 일어나는 것이 작금의 송년회의 대명사처럼 되어버렸습니다.

강압에 의한 술잔에 취해 이성을 상실하다 보면 송년이 아니라 망년이 되어버리는 것이지요.

송년과 망년의 차이는 극명합니다.

그 동안 살았던 기억 모두를 말살해버리는 망년은 자기자신의 삶을 부정하는 자기부정입니다.

자기를 부정해버리면 삶의 의미 자체가 없어지는 일이 되어버립니다.

자기를 잃고서야 어찌 새로운 해를 맞이할 수 있겠습니까.

올해도 몇 개의 모임은 내 자신이 계획했고 몇 개의 모임은 아마 의미를 부여하지 못하고 어쩔 수 없이 참석해야 할 것입니다.

보고 싶은 사람들과 정을 나누는 모임의 즐거움은 날짜를 잡는 순간부터 설레며 기다려집니다.

그런 송년회를 기대해 봅니다.

그대의 송년은 어떤가요.

마음이 즐거워지는 모임들 이었으면 좋겠습니다.

첫눈 오는 날의 기록

2015년 11월 26일 하루 종일 눈이 내리고 찬바람 강하다.

첫눈은 살짝 흩뿌렸다가 금세 사라지는 것이라서 왔는지 안 왔는지 이야기들이 엇갈리기 마련이다.

그런 의견 불일치를 완전히 끊어내도록 하루 내내 줄기차게 펑, 펑 함박눈으로 내린다.

첫사랑처럼 아련하게 왔다 살짝 사라져버리는 첫눈을 기대하고 있었던 사람들에게는 날벼락 같은 즐거움이 돼버린다.

첫눈은 항상 사람들에게 로망을 심어줌으로 많던 적던 즐거움이 되지 않을 수는 없는 까닭이다.

오늘의 눈을 잊지 않겠다.

오늘의 눈은 가장 하얗게 내 영혼의 등불을 밝히는 길라잡이다.

하얗게 공간을 메우며 지상으로 떨어져 쌓이는 눈을 바라보며 살아갈 날들을 생각하며 나에게 행복한 다짐 하나쯤 가슴에 새겨 만들어 놓는 것이 나를 힘차게 살아갈 수 있도록 만들어 줄 것이란 상념에 빠진다.

지상에 내려 쌓여야 비로소 제가 얼마나 순백의 하얀색인지를 확인시켜주는 눈처럼 가까이에 끌어당겨 놓을수록 얼마나 소중한 존재인가를 알 수 있는 대상들이 있기 마련이다.

첫눈이 오는 날에 하는 일은 모두 처음 하는 일이 된다.

눈 내리는 모습이 훤히 내다보이는 후미진 골목의 커피숍 창가에서 묵묵히 눈발 날리는 하늘을 바라보는 일도.

바람이 썰렁한 골목길을 옷깃을 세우며 종종 걸음으로 걸어 가는 일도.

허기진 배에 뜨거운 국물을 홀홀 들이키며 추위를 녹이는 일도.

함께 있는 사람의 차분한 목소리에 취해 가슴 몽롱해지는 일도.

그 전부가 처음이 되므로 가장 아름다워지고 가장 강렬해지고 가장 소중해 진다.

첫눈이 오는 날은 모든 시간이, 모든 순간이, 모든 일들이 다 첫경험이 된다.

첫눈 오는 2015년 11월 26일 나의 첫 기록이다.

제5부
그리고 남은 흔적들

포옹

너의 냄새를 내 마음에 새겨 넣고 싶은 거야.

위기가 기회일까

위기가 찾아오면 기회라고 등식을 만들어 위기를 극복하기 위해 대내외적으로 단도리를 하고 강력하게 문제에 대항을 시작한다.

평화의 시기에는 감히 정리하지 못했던 불편한 요소들을 하나하나 나열하면서 반대를 할 수가 없도록 제거해나가는 시기이기도 하다.

망할 것인가, 다시 갱생할 것인가의 중대한 시기에 조직의 리더에게 대항하려는 엄두도 낼 수가 없게 되기 때문이다.

위기에 직면할 때 리더는 최정점의 강력한 권위를 가지게 된다.

당연한 것이다. 중심이 없으면 위기를 효과적으로 벗어날 수가 없다.

위기의 시기에 내부 구성원들의 단결력은 맹목이 되기 일수다.

집단의 아집과 독선이 그만큼 무모해질 수 있지만 누구도 해로운 것으로 여기지 못하게 된다.

생존의 갈림길에서 단 하나의 세력도 같은 길에서 벗어나게 되면 그 틈이 절망을 만들어 버릴 수 있기에 가능한 일이다.

그러나 위기가 말처럼 모두 기회일까.

위기는 위기일 뿐이다.

위기를 빙자하여 이득과 기득권을 지키려는 불온한 세력이 존재하기 마련이다.

그 불온함이 더 큰 위기를 더불고 온다.

위기가 기회가 되기 위해서는 리더는 물론이고 내부의 구성원 하나 하나가 모두 공감하는 미래에 대한 비전이 대두되어야 하고 그 비전은 반드시 정당성이 부여되어야 한다.

조직의 생존만을 위해 보편타당성을 잃어버리게 된다면 기회란 다시 세워지지 않는다.

더 급속한 멸망으로 가는 길이 되어버릴 것이다.

모든 위기는 기회가 아니다.

기회를 만들어갈 수 있는 능력과 단결과 정의로움이 결합되어야 한다.

불편부당함이 없는 한목소리의 힘이 있어야 비로소 위기가 기회로 전환될 수 있다.

리폼

수선집에 입지 않고 놔뒀던 수트의 리폼을 맡겼다.

오래된 양복은 몸에 잘 맞지도 않는데다가 유행이 지나 입기가 꺼려진다.

그렇다고 몇 번 입지도 않았던 옷을 버려버리기엔 또 아깝다.

고민 끝에 리폼을 선택해봤다.

외형을 바꾸는 것이 단순히 겉만 변형시키는 것은 아니다.

바뀐 모양 따라 마음도 새롭게 바뀔 수가 있는 문제다.

리폼도 하나의 변화를 가하는 것이다.

단순한 변화가 아니라 잘라내고 붙이고 박음질을 하며 새롭게 재탄생 하는 것이다.

그렇다고 완벽히 새것이 될 수는 없다. 기본적으로 처음의 모습을 완벽히 벗어날 수는 없기 때문이다.

그러나 그러한 한계에도 불구하고 변한 몸매에 어울리게 옷이 바뀐다는 사실이 중요하다. 못 입고 방치만 하던 옷을 다시 몸에 맞춰 입을 수 있다는 것은 새 생명을 창출해내는 것과 같기 때문이다.

리폼에는 비용이 들어간다. 시간도 소요된다.

새로운 것을 사는 것보다는 그래도 비용이 절감이 되기 때문에 수선을 선택하는 것이다.

삶도 그렇다. 살아가는 방식과 습관을 혁명적으로 전혀 다른 모습으로 바꿀 수는 사실상 어렵다. 다소의 비용과 시간과 고통이 따르더라도 리폼을 해야 할 때가 있다면 결단을 내려야 한다.

불필요하게 튀어나온 부분을 도려내고 몸에 맞지 않게 긴 부분은 잘라내고 틀어지거나 손상이 된 부분은 꿰매고 박음질을 해야 한다.

살이 붙은 배와 반대로 나이가 들면서 줄어든 어깨 폭과 허벅지 폭의 사이즈를 잰다.

그런데 왜 기장은 또 줄여야 할 정도로 다리길이가 오그라들었을까.

수선장인의 줄자 눈금에 힐끔힐끔 눈길을 주면서 비애가 느껴지기도 하지만 발전적 변화든 후진적 변화든 내 몸의 변화는 기정사실이 되었음을 겸손하게 인정한다.

옷을 리폼해 가듯 나 자신도 리폼을 해야 할 때임을 절감한다.

시간의 한계

무한정이라든가 무한대라는 말은 사람이 만들어 놓은 '영원'에 대한 동경에서 비롯되었을 뿐이지요.

자연에서 무한정이란 없다고 보여집니다.

자원이 유한한 것처럼 모든 것에는 '시절'이 있습니다.

그때, 그때의 적절한 시간의 한계가 주어지는 것이지요.

사람도 태어남과 죽음이 이어지는 한계기간이 있듯이 모든 사물들과 생명들은 존재의 시간이 한계 지어져 있습니다.

물론 시간의 한계들이 순환을 하면서 끊어지지 않고 면면히 서로의 존재를 연결하고는 있지만 개인이, 하나의 존재가 유의미한 시간을 영원히 누릴 수는 없습니다.

시절을 잊고 엉뚱한 시간에 꽃이 피면 변종이나 돌연변이로 취급되듯 시간의 순환고리를 벗어나는 존재에 대해서는 곱지 않은 눈초리를 보내게 되어 있습니다.

꽃들이 자신의 시절을 지키며 시간의 변화를 알려주는 것처럼, 나무들이 잎을 틔우고, 잎의 색을 진하게 만들어 내고, 단풍으로 스러지는 순차적인 시간의 한계를 완벽히 소화해 내는 것처럼, 사람도 자신의 시간고리를 타고 결국 한계에 도달하게 되어 있습니다.

  유한한 존재들의 총합이 존재의 다른 무한대를 만들어내는 것이지요.

  오늘의 내가 어제와 다르듯, 오늘의 꽃이 내일의 꽃과 같지않듯 같은 듯 하지만 다른 존재들이 각자의 시간의 한계를 지키다 다음으로 한계를 넘겨주고 있는 것이 존재의 한계, 시간의 한계랍니다.

  겉으로 들어난 한계의 순환이 무한대처럼 보여지는 거지요.

  점심 배불리 잘 먹고 배부른 개똥철학 한 자락 했습니다.

  한계는 한계일 뿐일 테고, 한계를 극복하고 넘나드는 것은 그래도 우리의 자유로운 의지겠지요.

  그대의 시간 한계는 어떤가요.

대접

   큰 접시를 일컫기 위해 제목을 대접으로 정한 것은 아니었는데 대접을 잘하려면 그래도 작은 접시 보다는 큰 접시가 어울린다는 생각에 닿으니 대접(代接)이 대접과 별반 다르지 않을 거 같아요.

   대접하면 흔히 나를 제외한 상대방에 대한 대접을 생각하지요.

   물론 나와 직간접으로 연결된 사람들에 대한 대접을 잘해야겠지요.

   무엇보다도 인격적인 대우와 그 사람의 존엄에 대한 존중이 우선되어야 하지요.

   사회생활이나 가정생활이나 대접이 원활하게 이뤄지지 않으면 불화가 생겨나고 관계가 불편해지게 된답니다.

   모든 면에서 일률적으로 대접이 항상 똑 같을 수는 없습니다.

   사람에 따라, 상황에 따라, 자리의 정도에 따라 그때 그때 적절한 대접의 강도와 크기가 변하게 되겠지요.

   하지만 눈에 드러난 차별적 대접은 모임의 평화를 깨뜨리게 되지요.

   그래서 사람의 관계라는 것은 참으로 어렵고 복잡할 테지요.

   둘만의 자리에서는 어떠하든 어떻겠습니까만 다수의 자리에서는 대접도 공존을 위한 평균을 유지할 필요가 있겠지요.

그래야만 나에 대한 다른 사람들의 대접이 달라지게 될 것입니다.

편협한 대접을 일삼는 사람에겐 소수의 한정된 사람들의 형식적인 대접이 따라올 것이고 관계된 사람에게도, 제3의 타인에게도 인지상정을 발휘하며 지나치게 치우치지 않고 공평한 대접을 하는 사람에게는 명망이 생겨나고 존경이 동반되어 올 것입니다.

옆 사람의 옆 사람을 불편하게 하는 것은 진실로 올바른 대접이 아닐 겁니다.

대접이 불편하면 안 될 테지요.

그래서 큰 접시에 여럿이 함께 먹을 수 있도록 대접을 담아내면 어떨까요.

동상이몽(同床異夢)
같은 침대에 누워서 서로 다른 꿈을 꾼다

같이 있다고 해서 모두가 생각까지 같을 수는 없다. 사람이란 똑같이 생기지도 않았지만 똑같은 생각을 하며 살 수는 없다. 어떤 일이든, 현상이든 인지하고 판단하는 방식이 제 각각이다. 한쪽 방향으로 비슷하게 생각하고 풀어갈 수는 있겠지만 그렇다고 같다고는 할 수 없다.

〈나도 너와 같다〉 그럴 수 없다. 그러고 싶을 뿐이다.

내 속으로 난 자식도 마찬가지고 죽도록 사랑하는 사람도 마찬가지다. 천길 물속은 잠수정을 타고 들어가 보면 어떻게 생겼는지, 무엇이 있는지 알 수 있다. 하지만 사람의 마음은 한치의 깊이도 알 수는 없다. 안다고 생각하는 착각에 빠져 있을 뿐이다. 서로가 서로에게 공감하고 부응할 수는 있겠지만 그도 같다고 표현할 수는 없다. 세상에 존재하는 모든 것이 한치의 오차도 없이 같다는 건 결코 일어날 수도 없고 일어나서도 안 된다.

다름을 인정해야만 편안해진다. 다른 것이지 어긋난 것이 아니지 않는가.

같은 방향을 바라보고 있다고 같은 생각을 하고 있지 않다는 것을 인정하자.

살아온 방법이 다르고 지내온 환경이 다르고 삶의 가치관이 또한 개개인에게 특화되어 있다. 같은 침대에 누워서도 다른 꿈을 꾸는 것은 지극히 당연한 것이다.

변두리論

모두가 자신의 자리는 가장자리가 아닌 중심이라고 생각하면서 산다.

당연히 그렇게 생각하는 것이 정신건강에 좋다.

외면 받고 홀대 받는다고 생각하면서 산다고 스스로를 여긴다면 그 아픈 소외로 인해 피폐해질 수 밖에 없을 것이다.

그러나 문제다.

모두가 자신이 중심이라고 생각하면서 살기 때문에 양보도 없고 적절한 타협도 없어진다.

자신을 놓고 주위를 돌볼 겨를이 없어져 버린 것이다.

오로지 자신 이외엔 타협할 대상이 없어져 버린 것이다.

중심에 있다는 것은 권한 보다는 책임이 더 크다는 것을 망각하고 살게 만든다.

내가 누리는 것보다 내가 베풀어야 하는 것이 더 많고, 넓고, 무겁다는 것을 자신만의 자만과 자신만을 위한 자신에 대한 배려가 잊게 만드는 것이다.

그런 망각으로 인해 중심이 아니라 스스로를 변두리로 밀어낸다는 것을 자각하지 못한다.

모두가 중심에 있고 또한 변두리에 있다.

우리가 생각하는 중심은 자기의 중심일 뿐 어쩌면 가장 외곽, 변두리가 아닐까.

스스로를 변두리에 두는 사람은 보는 눈이 넓어진다.

봐야 할 시각의 폭이 크고, 돌아봐야 할 범위가 넓기 때문이다.

중심에 있어야 심도 있게 볼 수 있다는 말은 괘변일 뿐이다.

나는 나의 변두리에 나를 둘러주는 많을 것들을 놓아둔다.

그리고 나 스스로가 변두리에 발걸음을 옮기면서 찬찬히 돌아본다.

나의 변두리가 나를 돌아보고 심층지게 만드는 괘멸하지 않는 개안(開眼)의 범위다.

환골탈태

단순히 입고 있던 옷을 벗고 새 옷을 입는 것이 아니다.

덥수룩한 머리를 다듬고 두서없이 삐죽이는 수염을 자르고 몸 구석구석에 마치 살이라도 되는 듯이 착각하며 달라붙어 있는 때를 벗겨내는 그런 단조로운 변화가 아니다.

뼈를 재구성하고 온 몸의 털을 다 뽑아내고 쭈글거리는 살갗을 다 벗겨내는 절대지경의 고통이 선행되어야만 하는 완전히 지금의 나 아닌 새것의 나를 만드는 것이 환골탈태다.

날마다 이 절대의 고역을 감당해달라고 요구를 받으며 산다.

맘 먹은 대로 이뤄진다면 주저하고 걱정할 이유가 없다.

하지만 완벽한 변환을 이루어야 한다는 것은 나 자신을 먼저 설득해야 하는 일이다.

가장 쉽기도 하지만 또한 가장 어려운 것이 자신을 설득하고 자신과 공감하는 것이다. 나와 감응하기 위해서 가슴에 손바닥을 올려놓고 심장의 두근거림을 듣는다.

두렵고 도망치려는 마음부터 탈태환골을 해야 할 일이다.

본말전도(本末顚倒)

일의 중요도를 어디에 두어야 하는지에 대해서 이야기를 해본다.

과거의 행태는 일의 과정보다는 항상 결말을 평가의 대상으로 여겼다.

과정이야 어떠하던지 끝이 좋으면 다 좋다라고 여겨졌다.

사회가 정의로워지고 바른길로 들어서면서부터 결말도 중요하지만 과정도 정당해야 한다고 생각되어지기 시작됐다.

정의사회는 결과만이 아니라 일의 진행방향과 사회적 합의를 통한 정당성 확보라는 새로운 패러다임을 만들어내게 된 것이다.

그러나 어설피 과정을 중시하다 보니 추구하는 결말이 비틀리는 경우가 발생하게 된다.

과정은 끝에 이르기 위한 경로다.

그런데 과정이 목적이 되면 진정한 목표는 표류하거나 좌초될 수 밖에 없다.

일의 본질이 왜곡되어 버리는 것이다.

물론 과정이 불법적이거나 악의적이거나 편법을 동원해서는 안 된다는 것에는 전적으로 동의한다.

과정을 중요시 하는 것은 결과를 위해서 탈법, 불법, 편법을 동원해서는 안 된다는 것이지 과정 자체가 목적을 곡해시켜도 된다는 것은 아니다.

　가야 할 길을 정당하게 가는 것이 과정이다.

　직선의 길이 될 수도 있고, 곡선의 길이 될 수도 있고, 사선의 길이 될 수도 있다.

　가는 길이 오로지 목표하는 곳을 향해 가는 것이라면 어떤 모양의 길이어도 상관은 없다.

　단지 그 길에 음모와 억압과 어둠이 있어서는 안 된다.

　과정은 결과에 이르러 가는 시간의 흐름이면 족하다.

　과정이 지향점이 되어서는 안 된다.

필연 혹은 우연

나는 우연이란 말을 믿지 않습니다.

살면서 어쩌다 우연히 이루어지는 것은 없다는 생각엔 변함이 없습니다.

우연을 가장한 필연일 테지요.

어떤 일이든, 어떤 현상이든 꼭 일어나야 하고, 벌어져야 하는 일이었을 겁니다.

원인이 있으면 결과가 있듯이 필연입니다.

노력 없이 이루어지는 일은 없습니다.

충분하지 못하다고 생각하다 막상 만남이 이뤄지거나, 일이 성사되면 우리는 우연히 라고 자신의 노력 부족을 위안하려 합니다.

그러나, 그러나 말이지요.

부족하다고 여긴 내 자신의 노력이 충분했기에 성사된 것이란 걸 간과해서는 안됩니다.

나 자신에 대한 불만을 공연히 우연이라고 가치폄하 할 필요는 없지요.

필연과 우연은 동전의 양면과 같습니다.

항상 함께 서로의 등을 대고 동행하는 동반자지요.

우연은 반드시 필연을 동반하고 필연은 우연을 가장해 필연적으로 오는 거랍니다.

나는 우연을 선망하지 않습니다.

그렇다고 우연을 없으이 여기는 것도 아닙니다.

필연을 믿기 위해서 거쳐야 하는 우연의 단계를 무시할 수 없으니까요.

필연의 밑바탕이 우연이라는 것을 깨닫기까지 정신적인 심란함을 여러 번

넘어야 했습니다.

우연, 필연.

솔직히 이젠 구분할 필요를 느끼지 못합니다.

내 느낌이 그렇다고 하나를 선택하면 그뿐일 테니까요.

결국 우연은 필연의 동생쯤이나 되는걸 테니까요.

언제나 종착점은 우연을 건드리다 필연으로 귀결되는 겁니다.

그대의 우연과 필연은 나와 다른가요?

얻는 것, 잃는 것

맘대로 가질 수만은 없는 게 산다는 다른 표현일겁니다. '잘 산다는 것'은 잃어야 할 것은 잃고, 얻을 수 있는 범위 내에 있는 것은 취하면서 분수를 아는 것이란 생각에는 변함이 없습니다.

지나친 욕심이 화를 불러오고 마음을 병들게 할 테니까요. 간혹 대화를 하다가도, 혼자 생각을 하다가도 무작정 화가 나는 경우가 있지요. 원인이야 다양하겠지만 결국은 내가 원하는 만큼 얻어지지 않기 때문입니다.

'모두를 다'라는 생각이 그렇지 못한 현실에 직면하게 되면 우지끈 감정으로 표출되는 거지요. '그만큼만'이라고, 그것이 당연한 세상의 이치라고 생각한다면 화가 날 일은 많이 줄어들지 않을까요.

얻는 것이 있으면 반드시 잃어도 될 것이 생기게 되어 있는 것이 우리가 어울려 사는 세상의 순리랍니다. 잃었다고 꼭 손해도 아닌 것들이 많을 텐데 품안에서 빠져나가면 다 손해라고 오해하게 되는 게 또 역설적으로 인지상정일겁니다. 마음을 뒤집으면 道를 깨달을 수 있지요.

그런데 그게 참 힘들기도 합니다. 줘야 할 것을 먼저 주기란 어려운 일입니다. 하지만 줄 것을 미리 줘버리면 얼마나 마음이 가벼워지겠습니까. 카타르시스, 마음의 정화가 그런 것이겠지요. 먼저 줘야만 얻을 수 있는 것도 쉽고 많아집니다. 얻고 잃는 것은 서로 연관되어 있는 생물과도 같습니다.

그대는 오늘 무엇을 잃고 어떤 것을 얻게 될까요. 아쉬움이 클수록 뒤이어오는 희열도 배가 될 겁니다.

충돌

혼자서 살아간다면 절대 충돌이란 일어날 수 없는 현상이겠지요.

둘이서, 여럿이서, 무리 지어서 엉키고 설키다 보니 자연스럽게 충돌이 일어나게 되어 있지요.

충돌이 없는 세상 살이란 어찌 보면 지나치게 단조로워 권태로울 겁니다.

하지만 반대로 과도한 충돌은 극도의 공포와 스트레스로 사회와 사람들을 병들게 만들기도 하죠.

그렇더라도 짬짬이 느낄 수 있는 긴장감을 만들어 무료한 생활에 활기를 불어넣어 줄 수 있는 충돌은 꼭 존재해야 할 겁니다.

나에 대한 자양분이 되기에 충분한 충돌이라고 생각하면 거부할 필요는 없을 테니까요.

그러나 충돌을 좋게 보기 위해, 받아들이기 위해 노력한다고 할지라도 다른 한편에서 과한 반응을 보이게 되면 걷잡을 수 없는 지경에 이르게 되는 게 또한 현실이지요.

충돌에는 이해가 밑에 깔려줘야만이 싸움으로 번지지 않는 것인데, 간혹 이해할 수 없는 방향으로 흘러 충돌이 충격이 되어버리는 경우가 있지요.

살을 맞대고 수십 년을 살아왔고 남은 시간을 함께 해야 될 사이에서도 미세한 불이해가 풀어내기 난해한 강한 충돌로 이어지기도 합니다.

그렇게 되면 화해가 이루어지기까지 곤혹스런 상태가 지속되고 심신이 지독한 피로에 잠식되지요.

일상의 의욕들이 바닥이 난 것처럼 물렁물렁 해지고 매 시간 속에서 무기력이 나를 삼켜버리지요.

끔찍한 충돌 직후의 충격에서 벗어나기 위해서는 많은 심력을 소모해야 합니다.

여파가 물러나고 평안이 찾아오기를 기원하며 해야 될 일들의 그물 속으로 들어가는 것이 피신이 될 겁니다.

중심(中心)이 중심(重心)이다

일을 하다 보면 자기의 의견이 없는 사람들이 있다.

오락가락 이 말도 맞고, 그 말도 맞고, 저 말도 맞다.

결국 일이 잘못되면 정작 자신은 책임이 없다고 뒤로 빠지고 일이 잘되면 중간에서 자신이 역할을 잘 해서 잘 된 거라 뻐긴다.

내가 제일 싫어하는 유형의 사람이다.

상사의 덕목은 동료와 부하의 의견을 충분히 수렴하고 결정적인 결론은 본인이 내리고 전적으로 책임을 져야 하는 것이 일차적인 자질이다.

자신은 결코 잘못한 것이 없는데 일하는 직원들이 일을 망쳐놨다고 떠벌려서는 그 사람을 진정으로 따르지 않는다.

나는 어떠한가, 잠시 눈을 감고 반성을 해본다.

누구나 모든 일을 다 잘 할 수는 없다.

다만, 모든 일을 잘하기 위해서 노력하고 있다.

그러한 서로의 노력이 업적을 만들어 내고 조직의 미래를 창출해 가는 것이다.

잘하기 위해서 노력하는 부류에 내가 서있다는 평가를 받았으면 하는 바램이다.

자신의 중심이 바로 서야만 함께 하는 자, 따르는 자, 지켜보는 자, 방관하는 자 모두가 동선이 같아질 수 있다.

자신의 중심이 모두의 무게가 되는 것이다.

우리 사회의 곳곳에서 중심을 지키고 무게를 키우는 많은 사람들에게 경배한다.

유명한 사람이, 부자가 사회의 중심을 잡아가는 것이 아니다.

낮게 몸을 수그리고 있으나 자신의 삶의 중심을 꾸려가는 선량한 일반인이 이 사회를 만들어 가는 것이다.

그대의 中心이 우리의 重心이다.

뒷담화

대부분의 뒷담화는 뒷담화의 대상자나 사건이 좋지 않는 쪽으로 왜곡된다.

우리 주변에는 자신의 허물은 허물로 보지 않고 자신은 항상 옳은 쪽에 서서 타인의 열정과 업적을 질시하고 평가절하 하려고 하는 족속들이 있다.

간혹 한둘이면 그러려니 하고 넘어가고 말 일이지만 인간의 속성이란 것이 사돈이 논을 사면 배가 아픈 법이라고 자기보다 잘나가고 대우받고 뛰어나면 무슨 짓을 벌이든 사사건건 진흙탕으로 끌어내리려고 아등바등 이다.

자신의 똥에선 향기로운 냄새가 나는 줄 안다.

가장 구린 것이 자신의 배설물이란 것을 인정하려 들지 않는다.

이런 뒷담화에 능하고 떠벌떠벌 자기 주변의 모든 이들을 이리 가서는 이렇게 말하고 저리 가서는 저렇게 말하는 사람이 결국은 사람과 사람 사이를 이간 질하고 인간관계를 오염시킨다.

칭찬을 위한 뒷담화는 재미가 없다. 흥미를 유발하지 못하기 때문이다.

그러나 흠집을 내고 신랄하게 비하하는 뒷담화에는 공연히 마음이 동하고 귀가 솔깃 거린다.

상대방은 알아도 귀찮아서 또는 더 많은 구설수에 오르지 않기 위해서 치밀어 오르는 부화를 꾹꾹 눌러 참아버리게 된다.

　입에서 시궁창 냄새가 나는 사람과 되도록 멀리 떨어져 있어야 냄새를 맡지 않아도 된다.

　변명을 하고 해명을 요구하면 또 다른 뒷담화를 만들어내 여기저기 악담을 퍼뜨리고 다닌다.

　선량한 사람들은 뒷담화에 자신이 올라가지나 않을까 두려워서 거기에 동참하거나 관심을 기울이게 된다.

　뒷담화가 사라지지 않고 회자될 수 밖에 없는 이유다.

　뒷담화를 만드는 사람은 모른다.

　자신의 뒤에서 더 신랄한 자신의 뒷담화가 널리 퍼져 있다는 것을…….

宿命과 運命

숙명은 날 때부터 타고난 정해진 운명 혹은 피할 수 없는 운명을 말한다.

운명은 정하여진 처지라고 이해할 수 있다.

숙명이나 운명이나 동의어 정도로 취급되는 경우가 허다하다.

함부로 바꿀 수 없고 이미 그리 되도록 정해져 있는 피할 수도 극복할 수도 없는 것이 숙명이나 운명이나 같다고 생각하는 경향이 있다.

나는 이 둘을 구분해 보려 한다. 미묘할 것 같으나 엄정한 차이가 존재한다고 생각한다.

숙명은 아무리 노력해도 바뀌지지 않는 것이다.

부모와 자식간의 핏줄 관계, 태어나고 죽는 자연법칙, 인종이나 민족이나 한 국가에 태어나는 것과 같은 내 의지와는 전혀 무관하게 이미 이뤄져 있는 절대로 피할 수 없고 바꿀 수 없는 것이 숙명이다.

그렇다면 운명이란 어떤 것인가. 숙명 밖에 운명이다.

정해져 있기는 할지 모르지만 고정돼서 움직이지 못하는 것은 아니다.

한자로도 運은 옮길, 운전할 이란 뜻을 가지고 있다.

운명은 숙명처럼 이미 고정되어 있는 것이 아니라 움직일 수 있는 것이다.

정해진 운명대로 수긍하면서 살아도 뭐라 말할 이유는 없다.

그러나 태어난 이상 아무것도 하지 않으면 아무것도 바꿀 수가 없다.

하고자 하는 목적이 있으면 움직여야 한다. 뭐든 해야 한다.

운명은 내가 세운 목표와 노력을 다한 행함에 따라 위치를 바꿀 수 있다. 변하게 할 수 있다.

운명을 숙명으로 받아들인다면 삶은 지루하다.

의미가 없어진다. 내가 세상에 존재하는 이유가 없는 것과 같다.

운명은 문자 그대로의 운명일 뿐이다.

거대한 돌도 사람이 옮기는 것이다. 높은 산도 사람이 오르는 것이다.

운명도 사람만이 움직일 수 있다.

멈춰서 본다는 것

슥슥 지나가면서 보는 데는 한계가 있다.

생각을 할 수 있는 시간적 여유도 없다.

당연히 자세히 눈 마주치며 서로를 이해해 주지도 자세히 알아줄 수도 없다.

그런데 우리는 자신의 시간에만 얽매여서 그냥 지나가며 눈길 한 번 던지는 것으로 자신의 관심을 충분히 준 걸로 위로한다. 착각한다.

모든 병의 근원이 거기서부터 시작한다.

눈 한 번 던져준 것이 관심일 수 없기 때문이다.

멈춰서 본다는 것은 관심을 기울인다는 것이다.

서로의 눈높이를 맞추기 위해서 상대방의 눈을 바라보고 키 발을 딛든 무릎을 굽히든 작은 행위를 하려면 멈춰서 봐야 한다.

멈출 줄 모르는 사람은 오직 나에게만 관심이 있을 뿐, 어떤 배려에도 인색한 사람이다.

그대, 바쁜가.

나도 바쁘고 다른 모든 사람도 저마다 바쁘다.

바쁨이 불편을 만들고 관계를 배척하게 된다는 것은 아니다.

바쁨을 핑계로 자기를 정당화 하는 것이 문제의 근원을 만든다.

길을 걷다가 작은 것에라도 관심을 보여주고 아름다운 것에게는 아름답다고 안타까운 것에는 안타깝다고 멈춰서 이야기를 걸어보자.

따뜻한 마음이 서로에게 얼마나 큰 위안이 되어 줄 것인가.

얼마나 힘이 나고 정겨워지겠는가.

멈춰 선다는 것은 세상을 밝게 보게 되는 시작이 될 것이다.

그대와 나의 멈춤이 오늘 세상을 무량한 깊이로 즐겁게 할지도 모른다.

참 멋진 일이지 않는가.

부서진 의자론

망가진 의자는 방치해두면 재생될 수 없다.
생명체처럼 자체 재생능력이 없기 때문이다.
아무도 연장을 들이대 수리를 하지 않으면 결국 폐기처분 될 수 밖에 없다.

의자는 부서진 상태를 보여주며 자신의 재활을 간절히 바라고 있을 것이다.
다시 사람들이 잠시 쉬어갈 수 있도록 제 역할을 하고 싶을 것이다.
바람도 앉았다 가고 낙엽도 잠깐 걸터앉고 지나가던 들고양이도 쉬어가기를 바랄 것이다. 무엇이든 따뜻한 체온을 받아내고 싶을 것이다.

사람들도 그렇다. 마음이 부서진 사람은 스스로 치유하기가 힘들다.
누군가 따뜻한 관심을 주고 어루만져 주기를 간절히 염원하게 된다.
그 누군가를 통해서 세상의 시름을 덜고 망가진 마음의 조각을 이어 붙이고 싶은 것이다.

부서진 의자 옆에서 무심히 바라보기만 하던 마음을 바꾼다.
얼른 톱과 망치와 널빤지를 가져와서 원상태로는 못할지라도 성심으로 치료를 시작해야겠다.
어쩌면 망치질을 하며 흠집 난 내 마음이 치유될지도 모를 일이다.

우화(羽化)

완벽히 새로워 지는 것.
기존의 나와는 본질이 달라지는 것.
형체도, 본체도 완전히 다르게 되는 것.
내가 정의 내리고 싶은 우화의 개념이다.

번데기에서 고치를 뚫고 나와 나비가 되는 것을 우화라 한다.
번데기가 날개를 달고 날아 오를 수 있는 나비가 된다는 것을 보고 알아서
그렇지 어찌 상상해볼 수나 있겠는가.
번데기와 나비는 그 생김새부터가 완전히 다른 세계로 접어드는 이질적인
존재가 아닌가.

우화는 혁명이다. 지금의 나와는 상상불가의 모습으로 변태를 하는 것이다.
유전자마저 바꿀 수는 없겠지만 마음, 육체, 정신을 기존에서 탈각하는 것이
다.

무섭고 두려운 일임에는 틀림이 없다.
그렇다고 매번 쳇바퀴 돌 듯 맴만 돌아서는 사는 게 그저 그렇기만 할 뿐이
다. 조금 아프더라도, 더 깨지고 상처가 나더라도, 덪이나 고름이 찰지라도 나
를 우화시키고 싶다. 나를 탈각시켜내고 싶다.

기본인가, 배경인가

사람들은 기본과 배경을 언뜻 비슷한 어감이라고 생각하고 같거나 동등의 언어라고 여기며 살아갈지도 모르겠다.

전혀 다르다. 착각하거나 혼동해서는 안 되는 두 단어에 대한 오해의 소지를 불식시켜야만 자신의 삶이 풍요로워 지거나 당당해질 수 있다.

기본이란 모든 것에 우선하는 가장 원초적인 질서를 의미한다.

기본이 무너지면 어떤 일이든, 삶이든 사상누각과도 같은 것이다.

기본은 반드시 굳고 옳고 똑바르게 세워야 하는 가장 큰 이유가 여기에 있다.

배경이란 무엇인가. 말 그대로 자신이 주인공이 아니라 주인공을, 일의 주체를 빛나게 해주는 밑바탕 그림이다.

배경도 물론 중요하다. 그러나 기본이 없는 배경, 주인, 주체가 없는 배경은 그저 여백일 뿐 자신만의 독특한 의미를 가질 수는 없다.

기본과 배경이 절대 비슷하지 않다는 것이 이제 이해될 것이다.

그대는 기본인가, 배경인가. 모든 중심에 핵으로 맞설 수 있는 기본이 되고자 우리는 노력하는 것이다. 배경으로서의 삶은 스스로 선택하는 것이 아니라 기본들의 삶에서 밀려난 것일 뿐이다.

常識

항상 알아야 하고 알고 있어야 하는 것이 상식이다.

모르는 것이 약이 되는 세상이 아니다.

모르고 하는 실수는 실수가 아니라고 관대하게 덮어줄 세상이 아니다.

실수란 것은 알면서도 하지 않고 어긋나게 하는 것이다.

상식이 상식으로 통해야 하는데도 날마다 제 입으로 들어가는 밥이나 되는 듯이 常食으로 착각하는 사람들이 가소롭게도 떳떳한 경우를 본다.

무지를 무지하게 뽐내는 게 아니고 무엇으로 받아들일 수 있을까.

함께 살아가기 위해서 널리 알려진 것이 상식이다.

둘만이 존재해도 있어야 할 법칙과도 같은 약속이 상식이다.

항상 믿음을 가질 수 있고 믿음을 줄 수 있는 안전장치가 상식이다.

배려는 상식에서 비롯된다고 할 수 있을 것이다.

내 것을 지키기 위해서 타인이 마땅히 누려야 할 것을 배제 한다면 실수라 포장할 수 없는 죄를 범하는 것이 아니고 무엇이겠는가.

상식을 해석하는 방법이 비상식적인 누군가와 관계를 가지게 된다면 불행이다. 그래서 나는 지극히 상식적인 상식을 가진 사람을 존경한다.

탐하다

가지고 싶다 혹은 가져야 한다 란 느낌에 우리는 빨리 반응을 하게 됩니다.

무언가에 눈이 멈추고 순간적이든 지속적이든 현혹이 되면 마음이 꽂혀 그 잔상에서 쉽사리 벗어나올 수 없게 되고 맙니다.

그때부터 무의식적으로, 의식적으로 탐하게 됩니다.

탐이라는 게 억양이 탁해서 그렇지 나쁘게 반응하거나 잘못된 것으로 치부할 필요는 없다고 나는 생각합니다.

인간 본성이 본래 탐욕에서 벗어날 수 없고 그 탐하는 마음들이 짙어져 지금과 같은 수많은 문물과 문명을 이뤄놓았다고 보고 있답니다.

탐하지 않으면 무기력해지고 삶의 의미를 찾을 수 없을지도 모르겠습니다.

정도의 차이가 어떤 결과를 가져올지를 가늠할 뿐이지 탐하는 것 자체가 악이 되는 것은 절대 아니거든요.

그렇다고 생각하지 않나요.

어쩌면 탐한다는 것을 나쁘게는 집착이라고도 표현할 수 있을 것이지만 긍정적으로 말한다면 집중, 몰입 한다고 할 수 있는 성정의 욕구일 겁니다.

좋아하는 일을 하고 싶은 강렬한 욕망.

소유하고 싶은 물건이나 오르고 싶은 자리에 대한 희망.

사랑하거나 사랑하고 싶은 사람에 대한 열렬한 그리움.

이런 탐함들이 애초에 없었다면 삶 자체가 얼마나 무미건조하겠느냐고 물어봅니다.

열심히 탐하며 살고 싶습니다.

탐만 하다 다가가지 못하더라도, 결코 이루지 못하게 되더라도 나 스스로를 자가발전 시키는 탐함에서 나는 내려서는 것을 완전히 포기할 겁니다.

그대는 어떤 탐을 가지고 있고 어떻게 반응하고 싶은 가요.

오늘은 그대의 탐을 탐내 보았으면 좋겠네요.

난장에 대한 생각

난장은 질서 없이 늘어선 장판이다.

난장은 시끌벅적 하고 어지럽게 살아가지만 정직한 땀냄새와 해학이 넘쳐 나는 사람들이 와자하게 생명을 지켜가는 공간이다.

난장에는 무질서 속에 무질서를 아우르는 질서가 있다.

편법과 눈속임 보다는 우직함이 더 살아 있는 곳이다.

아집과 독선 보다는 서로를 위한 격려의 정이 있는 곳이다.

우리가 난장판이라고 이름을 붙이며 무질서의 대명사로 쓰고 있지만 본래의 속성은 삶의 애환이 북적거리는 공간이었다는 것을 간과해서는 안 된다.

역사 이래로 가장 평화롭게 어둠을 밝혔다고 평가할 수 있는 광화문의 촛불 잔치를 어떤 이는 여느 꽃보다 아름다운 개화의 모습으로 볼 것이고 어떤 이는 두려운 불덩어리의 움직임으로 볼 것이다.

난장처럼 어지러이 사람들이 모였다 흩어지고 다시 모임과 흩어짐을 반복 하지만 사람과 사람 사이에 깃든 놀라운 질서가 난장판을 만들지 않는다.

난장처럼 정직한 사람들의 정직한 삶들의 진솔함이 깃든 공간에 촛불이 밝 혀진 것이다. 난장이 펼쳐질지언정 난장판이 되지 않는 것은 모여든 사람들이 같은 마음, 같은 희망을 품고 있기 때문이다.

꼭두각시

비슷한 말로는 허수아비, 바지저고리, 앞잡이가 있다.

뜻풀이가 별도로 필요 없이 전해지는 어감 그대로가 느낌으로 와 닿는다.

꼭두각시는 인형극 꼭두각시놀음에서 박첨지의 큰마누라로 나오는 인형이다.

인형극의 내용과는 상관없이 이제는 고유명사처럼 되어버렸다.

다른 사람에게 정신적 구속을 받아 이리저리 조정을 당하는 타인의 대리인으로 자신의 주체성이 없는 사람을 일컫는다.

때로는 시키는 일만하며 살아야 한다.

자신의 주관적 생각을 개입시키면 안 되는 경우가 살다 보면 종종 있다.

전체를 위해서 자기를 전체의 일부분으로 철저히 동화시켜야 하는 경우가 그렇다.

그러나 자기만의 주체적 사고 없이 남이 시키는 대로 매사를 살아갈 수는 없다.

자신의 삶은 오로지 자신만이 책임을 져야 하는 것이다.

모든 일의 잘잘못을 타인에게 돌리며 산다면 그것은 숨만 쉬는 인형에 불과한 것이다.

사람이 사람인 이유는 누구도 침범해서도 안 되고 침해 받지도 않을 주체성
이 있기 때문이다.

그러한 까닭으로 꼭두각시는 사람답게 대우받아야 하는 이유가 없다고 해
도 과도한 것이 아니다.

나의 의지가 개입된 삶을 살아야 참답게 살고 후회가 남지 않는 법이다.

바람이 불면 부는 대로 흔들리고 눈이 쌓이면 눈 속에 파묻혀 움직이지 않다
가 누군가가 우산을 쓰라고, 눈을 치우라고 해야만 움직인다면 원격조정을 받
는 로봇이나 무엇이 다르겠는가.

세월호 참사는 절대 지워지지 않는다

삐뚤어진 역사관을 가지고 진실을 외면함으로써 자기들만의 세상을 지켜내려는 권력의 아집이 〈세월호 참사〉를 〈여객선 사고〉라고 하다니.

온 마음으로 하늘을 향해 기도했던 시간들이 잊혀지겠는가.

잘못된 대응방법과 그 이전에 비리의 중첩들로 만들어진 불균형의 여객선 자체 때문에 수백의 우리 아이들과 승객들이 차가운 바닷물 속으로 육체와 영혼을 수장당해야 했던 그 울부짖음과 한스런 아우성이 지워지겠는가.

아직도 인양되지 못하고 차가운 바닷물 속에서 침몰된 배를 떠돌고 있을 영혼 앞에 가슴이 먹먹한데 〈여객선 사고〉라고 보고서를 국가기관이 만들고 정권의 공고화를 위한 대응책을 만들었다니 안타까운 죽음들을 철저히 유린한 것이 아니고 무엇인가.

치사스런 변명과 함구로 세월호 7시간의 진실은 여전히 드러내놓지 않고서 갖은 추측과 정황들이 회자되게 만들어 놓고 있다.

성형시술을 했건, 굿판을 벌렸건, 변명대로 직무를 봤건, 어디에서 무엇을 했건 이제 뭘 했는가는 어떤 수작을 다해도 믿을 수 없다.

얼마나 중요한 사생활일 것인가!

중요한 본질은 그 7시간 동안 아이들은 공포와 추위에 떨다가 참담한 죽음을 맞이하고 있었다는 것이다.

그 죽음 앞에 뉘우치지 않고 진실을 왜곡하려고만 하는 최소한의 양심도 갖지 못한 파렴치한 者들에게 조금은 늦을지라도 역사는 철저히 응징을 하게 될 것이라는 것이다.

오천만의 국민이 〈세월호 참사〉에 눈물을 흘리며 가슴 찢어지는 아픔을 느끼고 있을 때 〈여객선 사고〉라고 폄하하는 인간으로서 눈곱 만한 도리도 마다한 者들에게 노란 리본은 어떻게 보였단 말인가.

역사를 만들어가는 것은 몇몇 권력자들이 아니다.

역사는 꿋꿋하게 삶을 살아가는 국민 모두가 만들어가는 것이다.

〈세월호 참사〉를 절대 다수의 국민은 결코 지워지지 않을 역사로 반드시 만들 것이다.

진실이 드러나 단죄할 시간이 반드시 도래할 것이다.

에필로그

하고 나서 후회하자

망설이다 하고 싶은 것, 해야 할 것을 하지 못한 채 지나고 나서 그때 해보기나 할걸 하는 후회를 하는 경우가 많다.

한번의 용기가 삶의 방향을 바꿀 수 있다는 것을 알고는 있지만 용기를 밖으로 발현해 실행에 옮기는 것은 말처럼 쉽지만은 않다.

표현할 용기, 실행할 용기가 없어서 머리에만 담아두었다 하지 못하고 지나가는 경우가 종종 있다.

결국 해보지도 못하고 아무것도 일어나지 않아서 후회하게 되는 우를 범하게 되는 것이다.

하고 나서 후회하자.

간절히 원하고 반드시 해야 한다고 판단이 서는 일이라면 일단 저질러봐야 한다.

의도한 방향대로 과정이 진행되거나 전혀 다른 방향으로 흘러간대도, 결과가 본의와는 다르게 나오더라도 시도를 했다는 위안을 스스로에게 줄 수 있게 된다.

안하고 뒤늦은 후회를 하는 것보다는 뒤끝이 찜찜함은 덜하지 않겠는가.

미루다 보면 적절한 시기를 놓치게 되고 포기하고 만다.

머뭇거리지 말고 할 건 하면서 살아가도록 하자.

해서 될지 안될지 알 수 없는 일일지라도 안 하면 애초에 되지 않는 것이다.

하고 싶은 것, 원하는 것을 하는 것은 자신에 대한 최소한의 배려다.

후회를 하더라도 하고 나서 하자.

지금까지도 해야 할지 말아야 할지 망설이고 있었던 말이 있다면 늦기 전에
후련하게 털어놓자.